꿈자람
세계명작 ❺

김욱동 문학 박사님과 함께
깊이 있게 작품 읽기

이솝 우화

이솝 지음 | 붉은여우 옮김

넥서스 주니어

이솝 우화

꿈 자람 세계 명작 5
이솝 우화

지은이 이솝
옮긴이 붉은여우
펴낸이 안용백
펴낸곳 (주)넥서스

초판 1쇄 인쇄 2013년 8월 5일
초판 1쇄 발행 2013년 8월 10일

출판신고 1992년 4월 3일 제311-2002-2호
121-840 서울시 마포구 서교동 394-2
Tel (02)330-5500 Fax (02)330-5555
ISBN 978-89-6790-177-6 04800

출판사의 허락없이 내용의 일부를
인용하거나 발췌하는 것을 금합니다.

가격은 뒤표지에 있습니다.

잘못 만들어진 책은 구입처에서 바꾸어 드립니다.

www.nexusbook.com
넥서스주니어는 (주)넥서스의 어린이 브랜드입니다.

차례

포도밭에 묻혀 있는 보물

옛날, 어느 마을에 넓은 포도밭을 가진 농부가 네 아들과 살고 있었습니다.

농부는 이제 나이가 많아서 일하는 데 힘이 부쳤지만, 새벽부터 일어나 밭을 갈고 포도나무를 정성스럽게 가꿨습니다.

종일토록 밭에서 일을 하고 돌아와도, 아들들은 빈둥거리고 놀고먹으며 잠만 잘 뿐 아버지 일을 조금도 도와주지 않았습니다.

첫째 아들은 하루 종일 맛있는 음식을 먹는 일로 시간을 보냈고, 둘째 아들은 잠자리에서 일어나지 않은 채 하루 종일 누워서 빈둥거렸습니다. 셋째 아들은 동네 친구들과 어울려 노느라 시간 가는 줄 몰랐고, 넷째 아들은 아버지가 담가서 창고에 보관해 둔 포도주를 꺼내다가 밤낮 가리지 않고 홀짝 홀짝 마시면서 늘 취해 있었습니다.

그러나 아버지는 이런 네 아들을 보고 화를 내거나 미워하기보다는 너무나 마음 아파했습니다.

그러던 어느 날, 아버지가 네 아들을 한자리에 불러 놓고 말했습니다.

"얘들아! 앞으로 어떻게 살려고 그러니? 너희들이 포도밭을 돌보지 않으면, 머지않아 포도밭이 황폐해져 더 이상 포도를 딸 수 없게 된단다. 이제는 그만 놀고, 정신 차려서 일을 하도록 해라."

그러나 네 아들은 아버지의 말씀을 건성으로 들으며 딴청만 피워 댔습니다.

시간이 지나도 아들들은 조금도 달라지지 않았습니다.

아버지는 이제 나이 탓인지 자주 피로한 기색을 보이다가 그만 자리에 눕고 말았습니다.

아버지의 병은 날이 갈수록 깊어졌고, 생명이 위험할 정도로 상태가 악화되었습니다.

아버지는 자신이 얼마 살지 못할 것을 직감하고, 네 아들을 불렀습니다.

"나는 이제 일어나기가 힘들 것 같다. 그래서 내가 의식이 있을 때 해둘 말이 있어서 이렇게 불렀다."

"무슨 말씀이신데요?"

네 아들은 눈을 둥그렇게 뜨며 마치 약속이나 한 듯이 일제히 물었습니다.

"사실은 내가 평생 동안 가장 귀하게 여겼던 것을 포도밭에 묻어 두었다."

"뭐라고요? 포도밭에 무얼 묻었다고요?"

네 아들은 의식이 희미해진 아버지가 잘 못 알아듣는다고 생각했는지, 아버지 귀에다 입을 바짝 대고 소리쳤습니다.

"포도밭 어디에다 무얼 묻어 놨다는 거예요?"

네 아들이 큰소리로 물었지만, 더 이상 아버지의 대답소리는 들리지 않았습니다.

"아버지, 아버지! 대답을 좀 해 보세요!"

그래도 아버지는 아무 반응을 보이지 않았습니다. 아버지는 방금 전에 숨을 거두셨던 것입니다.

"아버지! 말씀을 끝까지 해주시고 가셔야지, 그냥 이렇게 가시면 어떡해요?"

아무리 소리쳐 불러 봐도 돌아가신 아버지는 대답이 없었습니다.

네 아들은 아버지가 포도밭에 묻어 둔 것이 보물일 거라고 여기고, 이튿날부터 땅을 파기 시작했습니다.

괭이와 삽, 그 밖에 집에 있는 연장이란 연장은 모두 들고 나와 쉴 새 없이 땅을 파헤쳤습니다.

"아휴, 힘들다! 그런데 아버지가 진짜로 땅에 보석을 묻어 두었을까?"

아무리 땅을 파헤쳐도 보물의 흔적이 어디에도 없자, 네 아들은 저마다 투덜거렸습니다.

어느덧 시간이 흘러 여름이 되었고, 포도밭에는 그 어느 때보다도 탐스러운 포도송이가 주렁주렁 열렸습니다.

그것은 네 아들이 보물을 찾을 욕심으로 한 곳도 빠뜨리지 않고 꼼꼼하게 포도밭을 파헤쳤다가 덮어서 다져준 덕분이었습니다.

네 아들은 포도를 따서 포도주를 풍성하게 담아 창고에 저장했습니다.

겨울에 그 포도주를 내다파니 실로 엄청나게 큰돈이 들어왔습니다.

네 아들은 그때서야 깨달았습니다.

"아버지가 포도밭에 묻어 둔 귀한 보물이 바로 이것이었구나. 우리 앞으로는 게으름 부리지 말고 열심히 일하자. 그리고 서로 도우면서 의좋게 지내자! 그것이 바로 아버지의 뜻일 테니까……."

보물은 하늘에서 떨어지거나 땅 속에 파묻혀 있는 것이 아닙니다.

근면과 성실, 그 자체가 무엇과도 바꿀 수 없는 가장 귀한 보물인 것입니다.

회초리와 형제들

어떤 농부가 아들 셋과 살고 있었습니다.

그런데 아들 셋은 시도 때도 없이 서로 헐뜯고 싸움만 했습니다.

어떤 날은 첫째와 둘째가 싸우고, 어떤 날은 둘째와 셋째가 싸우는가 하면, 또 어떤 날은 첫째와 셋째가 싸우는 것입니다.

그러다 보니 하루도 집안이 조용한 날이 없었습니다.

"얘들아! 형제간에 서로 위해 줘도 못할 텐데, 날마다 그렇게 싸우기만 해서 어쩌려고 그러느냐?"

농부는 틈만 나면 아들들을 타일렀지만, 조금도 달라지는 기미가 보이지 않았습니다.

그래서 여러 가지로 생각한 끝에 하루는 아들들을 한자리에 불러 모았습니다.

그리고는 미리 준비해 둔 회초리 한 묶음을 꺼내 놓았습니다.

영문을 모르는 아이들은 아버지가 꺼내 놓은 회초리를 보자 겁을 먹었습니다. 자기들이 너무 말을 듣지 않고 말썽을 부리니까 회초리로 때리려고 하는 것이 아닌가 하고 생각했던 것입니다.

아버지는 열 개쯤 되는 회초리 묶음을 들어 보이며 말했습니다.

"애들아, 이 회초리 묶음을 한번에 부러뜨려 보아라."

아이들은 차례대로 돌아가면서 그것을 꺾어 보려고 기를 썼습니다.

그렇지만 아무리 애를 써도 좀처럼 꺾어지지 않았습니다.

"그렇다면 하나씩 꺾어 보아라."

농부는 한데 묶은 회초리를 풀어 놓으며 말했습니다.

먼저 첫째 아들이 그것을 꺾어 보았습니다. 별로 힘을 주지 않았는데도 쉽게 꺾어졌습니다.

다음에 둘째 아들이 꺾어 보았습니다. 마찬가지로 쉽게 꺾어졌습니다.

마지막으로 셋째 아들도 별것 아니라는 듯이 꺾어 보였습니다.

형제들은 신이 나서 열 가지를 모두 다 꺾어 버린 후, 의기양양한 표정으로 아버지를 바라보았습니다.

그러자 아버지가 걱정스럽게 형제들을 둘러보며 말했습니다.

"내 말을 잘 들어라. 회초리를 하나씩 흩어 놓으면 누구라도 쉽게 부러뜨릴 수 있다. 그러나 회초리를 한데 묶어 놓으면 아무리 애를 써도 부러뜨리지 못하지 않느냐. 너희들도 마찬가지다. 한마음이 돼서 힘을 합하면 한데 묶여진 회초리처럼 아무도 너희를 함부로 할 수 없지만, 하나씩 제각각 흩어져서 싸움만 해대면 사람들이 너희들을 무시하고 얕보게 된단다. 세상살이가 쉽지 않은데, 그렇게 날마다 싸움이나 하면서 제멋대로 놀다가 어려운 일을 당하면 어쩌려고 그러느냐?"

농부의 말을 들은 아이들은 그제야 크게 깨닫고, 그 후로는 서로 도우며 의좋게 지냈다고 합니다.

뭉치면 살고, 흩어지면 죽는다는 말이 있습니다.

한 사람 한 사람은 힘이 약해도, 서로 도우며 힘을 합치면 강한 힘을 발휘할 수 있습니다.

특히 형제간에 우애 있게 지내는 것은 부모님에 대한 가장 큰 효도랍니다.

부잣집 아들과 제비

어떤 마을에 큰 부자가 살고 있었습니다.

부자에게는 아들 하나가 있었는데, 어렸을 때부터 애지중지하며 키운 탓인지 돈을 쓰며 노는 일밖에 할 줄 아는 것이 아무것도 없었습니다.

세월이 흐르자 부자 부부는 차례대로 세상을 떠났고, 그 많은 재산은 철없는 아들 차지가 되었습니다.

"이제부터는 이 많은 재산이 모두 내 것이다. 내 마음대로 돈을 쓴다고 해도 누가 뭐라고 할 사람이 없으니 정말 살맛이 나는군."

그때부터 아들은 하루도 거르지 않고 동네 사람들을 불러 모아 잔치를 벌였습니다.

날마다 좋은 음식을 배불리 먹으며 놀기만 할 뿐, 재산을 관리하거나 늘리는 일에는 관심조차 보이지 않았습니다.

그러다 보니 그 많던 재산이 점점 줄어들어, 급기야 살고 있던 집까지 남의 손에 넘어가고 가진 것 하나 없이 거리를 떠도는 신세가 되고 말았습니다.

마침 추운 겨울이 닥쳤습니다. 그러나 불행 중 다행으로 두툼한 털외투를 입고 있었기 때문에, 추위에 얼어 죽지는 않았습니다.

돈 한 푼 없이 거리를 헤매다가 아는 친구들을 찾아갔지만, 돈을 물 쓰듯이 쓸 때 사귀었던 친구들은 모두 그를 외면하거나 귀찮아했습니다.

어느 따뜻한 겨울 날, 화창한 볕을 쪼이며 정처 없이 걷고 있는데 예전에 살던 그의 집 지붕 위로 제비 한 마리가 날아가고 있는 것이 눈에 띄었습니다.

"오, 제비 아닌가! 날이 이렇게 따뜻한 걸 보니, 봄이 왔나 보군."

그러나 그 제비는 지나치게 일찍 찾아온 철 이른 제비였습니다.

"봄이 되었으니까, 이제 털외투는 필요 없겠는걸. 그렇다면 이걸 팔아서 맛있는 걸 먹어야지."

그는 재빨리 외투를 벗어들고 시장으로 달려가, 유일하게 돈이 되는 재산인 외투마저 팔아 버렸습니다.

그리고는 그 돈으로 맛있는 음식을 배불리 먹고, 술까지 기분 좋게 마셨습니다.

그런데 다음날, 날씨가 또다시 추워졌습니다.

"아이구 추워! 봄이 온 줄 알았는데, 이게 웬 추위람! 날씨가 미쳤나?"

그는 덜덜 떨며 길을 걷다가 길가에서 얼어 죽은 제비를 발견했습니다.

그러자 한숨이 절로 나왔습니다.

"제비야! 네가 죽은 것도 안 됐지만, 너 때문에 때를 분별하지 못하고 내가 얼어 죽게 되었으니 이를 어쩐단 말이냐!"

그는 뒤늦게 후회했지만, 돌이키기엔 이미 때가 너무 늦었습니다.

재산을 모으는 것도 쉽지 않은 일이지만, 있는 재산을 지키는 일은 더욱 어렵다고 합니다.

재산이 많을 때 그것을 아끼고 소중하게 여기지 않으면, 한순간에 모든 것을 잃을 수 있습니다.

또한 신의로써 사람을 사귀지 않고 돈을 써서 사귀면, 그 관계는 결코 오래 가지 못합니다.

제비와 새들

새를 잡을 때 사용하는 끈끈이가 나는 나무가 있습니다.

그 끈끈이나무에 새순이 돋아나자, 그것을 본 나이 지긋한 제비는 조바심이 났습니다.

"이거 큰일 났는데. 저 끈끈이나무가 자라서 끈끈이가 나면, 사람들이 그걸로 우리 새들을 잡을 텐데……. 도대체 이 일을 어쩌면 좋지?"

그래서 혼자서 이 궁리 저 궁리를 하다가, 새들을 소집해 회의를 열어야겠다고 생각했습니다.

마을 입구에 회의를 연다는 안내문이 붙자, 여러 새들은 무슨 일인가 하고 궁금해 하며 모여 들었습니다.

"도대체 무슨 일이오?"

"모여서 의논한다는 것이 무엇이오?"

저마다 한 마디씩 물었습니다.

나이 지긋한 제비는 자초지종을 설명한 후, 자신의 생각을 이야기했습니다.

"우리가 살려면 두 가지 방법밖에 없다고 생각하오."

그러자 새들이 물었습니다.

"두 가지 방법이란 것이 도대체 뭡니까?"

그러자 나이 지긋한 제비가 차근차근 설명하기 시작했습니다.

"모두들 알고 있겠지만, 끈끈이나무는 넝쿨이 되어 상수리나무에 매달려 살고 있소. 그러니까 상수리나무에서 떼어 버리면 저절로 죽고 말 것이오. 따라서 우리가 힘을 합해서 떼어 내는 것이 한 가지 방법이오."

"그렇지만 그렇게 귀찮은 일을 누가 한단 말입니까?"

새들이 이구동성으로 떠들어 댔습니다.

"그게 싫다면……다른 방법이 한 가지 더 있긴 하오."

새들이 기세등등하게 따지고 들자, 나이 지긋한 제비가 힘없는 목소리로 말했습니다.

"그게 뭔지 들어 보기나 합시다."

새들은 마치 선심이나 쓰듯이 나이 지긋한 제비를 채근했습니다.

"우리 모두가 사람들한테 가서 부탁해 보는 거요. 끈끈이로 우릴 잡지 말아 달라고 말이오."

제비가 나머지 방법을 말하자, 새들은 또다시 빈정거리며 한 마디씩 해 댔습니다.

"쓸데없는 소리 하지 마시오. 사람들이 우리의 그런 부탁을 들어 줄 것 같소?"

"부탁하고 싶거든 혼자 가서 해 보시오!"

그래서 하는 수 없이 나이 지긋한 제비 혼자서 한 사람을 찾아갔습니다.

그리고는 눈물을 흘리며 하소연했습니다.

"끈끈이로 불쌍한 새들을 잡지 말아 주세요!"

제비의 하소연을 들은 사람이 말했습니다.

"너는 참 신통한 새로구나. 다른 새들을 위해서 이렇게 찾아와 그런 부탁을 다 하다니……."

제비의 착한 마음씨에 감탄한 그 사람은 제비를 자기 집에 불러들여 같이 살자고 했습니다.

그 후부터 다른 새들은 사람에게 잡혀 먹히기도 했지만, 제비만은 사람과 친구가 되어 가족처럼 한 집에서 살게 되었습니다.

앞일을 미리 내다보고 대비하는 사람은 위험한 상황을 피할 수 있습니다.

그러나 아무 대비도 하지 않고 하루하루를 되는 대로 살아가는 사람은 위험한 상황이 닥쳐오면 속수무책으로 당할 수밖에 별 도리가 없답니다.

엉엉, 억울해!

호랑이와 곰이 숲속 한가운데 서서 으르렁거리고 있었고, 호랑이와 곰 사이에는 새끼 토끼 한 마리가 오도 가도 못한 채 벌벌 떨면서 울고 있었습니다.

"이건 내가 먼저 본 거야."

"무슨 소리야? 내가 먼저 봤다고."

호랑이와 곰은 새끼 토끼를 서로 자기가 먼저 보았다고 우기고 있는 것입니다.

양보할 생각이 조금도 없는 호랑이와 곰은 한참 동안 으르렁거리면서 물고 뜯고 할퀴며 싸웠습니다.

하지만 둘은 힘이 비슷했기 때문에 좀처럼 결판이 나지 않았습니다.

마침 지나가던 여우가 그 광경을 보았습니다.

"히히, 싸우느라 정신들이 없군. 그렇다면……."

여우는 호랑이와 곰이 싸우는 틈을 타서, 잽싸게 새끼 토끼를 물고 달아났습니다.

"야, 이 도둑놈아! 거기 안 서?"

"못된 놈아, 우리 토끼 내놔라!"

잠시 후에 그 사실을 알게 된 호랑이와 곰이 냅다 소리를 질러 댔지만 아무 소용이 없었습니다.

싸움을 하느라 지친 호랑이와 곰에게는 쫓아갈 힘이 조금도 남아 있지 않았기 때문입니다.

"공연한 짓을 했군. 싸움은 우리가 실컷 하고, 여우만 좋은 일 시켰으니……. 어휴, 망신스러워!"

호랑이와 곰은 너무나 억울한 나머지, 체면도 생각하지 않고 그 자리에 주저앉아서 엉엉 울었답니다.

무엇이든 혼자만 가지려고 욕심을 부리다 보면, 도리어 가진 것을 모두 잃게 되지요.

어려움을 나누고 기쁨을 함께할 때, 삶은 훨씬 풍요롭고 아름다워지는 것입니다.

뱀의 머리와 꼬리

뱀 한 마리가 산길을 가고 있었습니다.

먹이를 찾기 위해 풀숲을 헤쳐 보기도 하고, 장애물이 나오면 피하기도 하면서 이곳저곳을 한참 동안 돌아다녔습니다.

그런데 꼬리가 갑자기 멈춰 서려고 버둥거리면서 볼멘소리를 했습니다.

"머리야, 잠깐만 멈춰서 내 말 좀 들어 봐. 아무 말 하지 않고 그냥 있으려고 했는데, 이제는 더 못 참겠어."

"꼬리야, 너 지금 무슨 말을 하는 거냐?"

"난 말이야, 내가 도대체 왜 사는지 모르겠어? 나는 늘 네 뒤만 졸졸 따라 다니면서 가고 싶은 데도 가지 못하고, 힘들어서 쉬고 싶을 때도 내 마음대로 쉬어 본 적이 없잖아. 항상네가 가는 대로 질질 끌려 다니기만 해야 되니, 이건 너무 공

평하지 못한 것 아니야?"

여태까지 아무 불평이 없던 꼬리가 갑작스럽게 이런 말을 하니, 머리는 당황스러우면서도 기가 막혀 코웃음을 쳤습니다.

"야, 지금이 그럴 말을 할 때냐? 먹이를 찾으러 부지런히 다녀도 될까 말까 한데, 쓸데없는 소리 그만하고 빨리빨리 움직이자."

꼬리는 자신이 힘들게 말을 꺼냈는데, 머리가 진지하게 듣지 않고 무시해 버리자 더욱 화가 났습니다.

"뭐, 쓸데없는 소리라고? 지금 너 말 다 했어? 너는 항상 내 의견이나 생각을 말할 기회조차 주지 않았지. 하지만 이제부터는 나도 가만히 있지 않겠어. 우린 한 몸이고, 나도 뱀의 일부이니까, 우리가 하는 역할을 바꾸도록 해. 나도 내가 가고 싶은 곳으로 가고 싶단 말이야."

"무슨 말도 되지 않는 소리를 하는 거야? 넌 눈도 없고 귀도 없잖아. 뿐만 아니라 뇌도 없고 먹이를 잡아도 먹을 입조차 없잖아. 네 말처럼 우리는 한 몸이니까, 내가 먹는 것도 나만을 위한 일이 아니라 우리 몸 모두를 위한 거잖아. 또한 너와 나의 역할을 바꾸면 우리가 안전할 수 있을 거라고 생각해?"

"또 그 소리야? 늘 입만 열면 우리를 위한다고 하면서, 사실은 모두 너만을 위하는 거였잖아? 먹이를 잡아도 맛있게 먹는 것은 너뿐이잖아. 안 그래?"

꼬리가 조금도 굽히지 않고 계속 고집을 부리자, 머리도 은근히 화가 나기 시작했습니다.

무모한 일인 것이 분명했지만, 해달라는 대로 한 번 해 줘서 다시는 지금과 같은 말을 하지 못하게 해야겠다는 생각이 들었습니다.

"좋아. 정 그렇다면 네 마음대로 해 봐. 네가 앞장을 서면 내가 따라 갈게."

꼬리는 갑자기 표정이 밝아지더니, 먼저 앞장서서 움직이기 시작했습니다.

그런데 꼬리가 가는 바로 앞쪽에 개울이 가로막고 있었습니다. 하지만 앞을 볼 수 없는 꼬리는 전혀 짐작도 하지 못했습니다.

무작정 앞으로만 가던 꼬리는 그만 개울물에 빠지고 말았습니다.

물에 빠져 허우적거리던 꼬리는 머리의 도움으로 간신히 개울물에서 나올 수 있었습니다.

그래도 꼬리는 자기의 주장을 굽히지 않았습니다.

앞으로 가던 꼬리가 이번에는 가시덤불 속에 빠졌습니다.

나무 가시가 온몸을 찌르자, 그때서야 꼬리는 가시덤불에서 벗어나려고 안간힘을 썼습니다.

그러나 안간힘을 쓰면 쓸수록 점점 가시덤불 속으로 깊게 빠져 들어갔습니다.

이번에도 머리가 애를 써서 가시덤불 사이에서 겨우 빠져 나올 수 있었습니다.

그래도 꼬리는 역할을 되돌릴 생각을 하지 않고, 오기를 부리듯이 무작정 앞으로 나갔습니다. 앞에 불이 나 있는데도, 그것을 보지 못하는 꼬리는 그냥 불 속으로 기어들어 갔습니다.

몸이 뜨거워져서야 꼬리는 자신이 불 속으로 들어간 것을 깨닫고 우왕좌왕했지만 속수무책이었습니다. 더구나 주위까지 캄캄해져서 방향조차 알 수가 없었습니다.

위험을 느낀 머리가 기를 쓰며 불 속에서 빠져 나오려 했지만, 빠져 나오기에는 때가 너무 늦었습니다.

점점 불길이 거세지면서 뱀의 몸이 불에 타기 시작하자, 머리도 함께 죽을 수밖에 없었습니다.

앞을 못 보는 꼬리 때문에 머리까지도 애꿎게 죽은 것입니다.

이 세상 만물은 모두 제각각의 역할이 있습니다.

머리는 머리 역할을 해야 하고, 꼬리는 꼬리 역할을 해야만 모두가 안전하고 위험에 빠지지 않게 됩니다.

　제 역할을 제대로 감당하지 못하면서 남의 역할을 탐내거나 빼앗으면 수많은 사람들이 위험에 빠지게 되는 것입니다.

바꿀 수 없는 운명

겁이 무척 많고, 성격이 소심한 노인이 있었습니다.

그 노인에겐 아들이 하나 있었습니다. 아들은 아버지와 달리 성격이 활달했고 씩씩했습니다.

성격이 활달한 아들은 무엇보다도 사냥하는 것을 좋아했습니다.

어느 날 밤, 노인은 사냥을 나간 아들이 사자에게 잡혀 먹히는 꿈을 꾸었습니다.

"거참, 참으로 고약한 꿈이구먼. 그렇지만 그 꿈에서처럼 우리 애가 사냥을 나갔다가 사자에게 잡혀 먹이면 큰일이 아닌가. 당분간은 사냥하러 가지 못하게 말려야지."

그러나 아버지가 사냥을 가지 말라고 한다 해서 고분고분 말을 들을 아들이 아니었습니다.

그리하여 노인은 지붕 위에 새로 방을 지은 다음, 사냥을 하러 가지 못하도록 아들을 그곳에 가두어 두었습니다.

그리고는 밤낮을 가리지 않고 지키면서, 아들이 심심해하지 않도록 맛있는 음식과 함께 아들이 좋아하는 짐승들의 그림을 벽에 붙여 주었습니다.

사냥을 좋아하는 아들은 짐승들의 그림을 보고 있자니까 사냥을 하던 광경이 떠올라, 더욱 견딜 수 없을 정도로 괴로웠습니다.

아들은 총 쏘는 시늉을 하며, 사자의 그림 앞에 서서 말했습니다.

"이 밉살스런 사자야. 네 놈이 우리 아버지 꿈에 나타났기 때문에, 내가 이렇게 감옥 같은 방에 갇혀 있게 됐단 말이다. 네 놈에게 화풀이를 해야겠는데, 어떻게 하면 좋을까?"

아들은 주먹을 쥐고 그림 속의 사자 눈을 후려 갈겼습니다.

그러다가 손이 너무 세게 나가는 바람에 그만 기둥에 박힌 나무 가시에 찔리고 말았습니다.

그런데 그 가시에 독이 묻어 있었던 모양입니다.

독은 이내 아들의 온몸으로 퍼졌으며, 아들은 괴로움으로 몸부림치다 그 자리에 쓰러졌습니다.

그 후 아들은 시름시름 앓다가 며칠을 넘기지 못하고 숨을 거두었습니다.

아들에게 닥칠 불운을 막으려고 아버지가 그렇게 애를 썼는데도 허사가 되고 만 것입니다.

게다가 그림 속의 사자이기 하지만, 공교롭게도 사자 때문에 아들이 죽고 만 것을 보면 그렇게 죽을 운명이었던 것 같습니다.

운명이라는 것은 피하려고 애를 쓴다 해서 피할 수 있는 것이 아닌 모양입니다.

자신의 운명을 피하려 하기보다는, 주어진 운명을 받아들이면서 순간순간 대처하는 것이 보다 현명한 일인지도 모릅니다.

아들을 도둑으로 키운 어머니

손버릇이 나쁜 아이가 있었습니다.

어느 날 아이의 방 책상 위에 보지 못하던 필통이 놓여 있자, 어머니가 물어 보았습니다.

"애, 그것은 네 필통이 아닌 것 같은데 어디서 났니?"

아이는 머뭇거리며 작은 목소리로 대답했습니다.

"내 옆자리에 앉은 애 것을 가져온 거야."

그런데 아이의 말을 들은 어머니는 잘못을 꾸짖는 것이 아니라, 오히려 칭찬을 했습니다.

"에그, 신통해라. 네 필통이 너무 낡아서 마침 새것을 사주려고 했는데, 정말 잘됐구나."

아이는 처음에는 혼날지도 모른다고 생각했었는데, 어머니가 칭찬을 해 주니까 기분이 몹시 좋았습니다.

아이는 남의 물건을 훔치는 것이 나쁜 일인 줄만 알았는데, 도리어 어머니를 기쁘게 해 드릴 수도 있는 일이라는 생각이 들었습니다.

그 다음날, 아이는 외투 한 벌을 또 훔쳐왔습니다.

"에그 기특해라. 그렇잖아도 외투가 없어서 걱정이었는데, 정말 잘됐구나. 이번 겨울은 따뜻하게 지낼 수 있을 것 같구나."

물건을 훔쳐올 때마다 어머니가 칭찬을 하자, 아이는 날이 갈수록 도둑질에 재미를 붙였습니다.

아이는 그렇게 자라 어른이 되었고, 배짱도 점점 커져만 갔습니다.

남의 집 소를 여러 마리씩 훔쳐오는가 하면, 값비싼 보석도 훔쳐왔습니다.

그러다가 마침내 붙잡혀서 결박을 당한 채 형장으로 끌려가는 신세가 되고 말았습니다.

"에그, 이 녀석아! 어떡하다 이 지경이 되었느냐?"

아들은 군중 속에 섞여서 큰 소리로 울부짖으며 따라오고 있는 어머니를 발견했습니다.

아들은 어머니께 드릴 말씀이 있으니 만날 수 있게 해 달라고 관리들에게 부탁했습니다.

관리들은 죄수의 마지막 소원을 들어 주기 위해서, 재빨리 어머니를 찾아 아들 앞으로 데려 갔습니다.

"어머니! 조용히 드릴 말씀이 있습니다. 가까이 오세요."

어머니는 무슨 말을 하려고 그러나 싶어, 아들 옆으로 바짝 다가가서 아들 입 가까이에 귀를 갖다 댔습니다.

그랬더니 아들이 어머니의 귀를 냅다 이빨로 물어뜯는 것이 아니겠습니까.

"아니, 이놈아! 지금 에미에게 무슨 짓을 하는 거냐?"

놀란 어머니가 아들을 바라보며 소리를 지르자, 아들이 눈을 부릅뜨며 말했습니다.

"어머니! 제가 처음 필통을 훔쳐왔을 때, 왜 저를 때리고 혼내지 않았습니까? 그때 남의 것을 훔치는 것이 나쁜 일이라고 왜 가르쳐 주지 않았습니까? 그때 저를 혼내면서 도둑질을 하지 못하게 말렸더라면, 제가 이렇게 흉악한 도둑놈이 되지는 않았을 거 아닙니까?"

바늘 도둑이 소 도둑 된다는 말이 있습니다. 아무리 작더라도 나쁜 일은 그때 그때 바로잡아 줘야 합니다.

자식이 나쁜 버릇을 가지고 있는데도 그것을 감싸 주거나 그대로 두는 것은 진정한 사랑이 아닙니다. 그것은 나쁜 사람이 되라고 부추기는 것과 다름없는 일입니다.

어미 게와 새끼 게

어미 게가 새끼 게를 데리고 바닷가로 나왔습니다. 새끼 게에게 걸음마 연습을 시키기 위해서입니다.

어미 게는 시범을 보여 주면서 부드러운 목소리로 자상하게 설명해 줬습니다.

그런데 새끼 게가 자기가 가르쳐 준 대로 하지 않고 자꾸만 옆으로 걷는 것이 눈에 거슬렸습니다.

어미 게가 새끼 게를 불러 놓고 타일렀습니다.

"애야! 너는 엄마가 그렇게 열심히 가르쳐 줬는데, 왜 말을 듣지 않고 자꾸만 옆으로 걸어가니? 똑바로 걷는 것이 보기에 훨씬 더 좋단다. 이제부터는 옆으로 걷지 말고 앞으로 똑바로 걷도록 해라."

그러자 새끼 게가 눈을 말똥말똥 뜨고 바라보며 대답했습니다.

"엄마! 저는 엄마가 걷는 것과 똑같이 했어요. 만약 제가 똑바로 걷지 않았다면, 똑바로 걷는 법을 저에게 다시 보여 주세요. 그러면 저도 엄마처럼 걸을게요. 정말로 약속드려요."

어미 게는 똑바로 걸어 보려고 갖은 애를 다 썼지만 발이 자꾸 옆으로 움직였습니다.

발이 생각대로 움직여 주지 않자, 난감해진 어미 게는 걱정스런 얼굴로 새끼 게를 물끄러미 바라보았습니다.

본보기를 보여 주는 것이 설교보다 낫다고 합니다.

또한 타고난 본성은 억지로 바꿀 수가 없는 것입니다. 바꿀 수 없는 것을 바꾸라고 강요하는 것, 그것은 폭력입니다.

종달새의 지혜

보리가 잘 여문 보리밭에서 종달새가 새끼를 낳았습니다.

어미 새는 먹이를 구하러 나갈 때마다, 새끼 새들에게 이렇게 당부하곤 했습니다.

"내가 없는 사이에 있었던 일이나 소식을 하나도 빠뜨리지 말고 기억해 뒀다가, 내가 돌아왔을 때 모두 이야기해 줘야 된단다."

"네, 엄마. 걱정하지 마세요. 주변에서 무슨 일이 있는지 늘 잘 살펴볼게요."

그러던 어느 날, 어미 새가 먹이를 구하러 나갔을 때 보리밭 주인이 보리의 상태를 보러 와서 이렇게 중얼거렸습니다.

"이제 이웃 사람들을 불러 이 보리를 거두어들여야 되겠군."

어미 새가 돌아오자, 새끼 새들은 자기들이 들은 것을 그대로 전해 주었습니다.

그러면서 당장 자기들을 딴 곳으로 옮겨 달라고 떼를 썼습니다.

"아직 시간이 충분하단다. 만약 밭주인이 이웃 사람들을 믿고 있다면 말이다."

며칠이 지난 후, 보리밭 주인이 아들과 함께 또 나타났습니다.

햇살이 한층 뜨거워져서 보리이삭이 있는 대로 벌어졌는데도 아직 거두어들이지 못해서인지, 그것을 바라보는 주인의 표정에는 걱정이 가득했습니다.

"이젠 더 이상 꾸물대고 있을 수 없겠는데. 이웃 사람들을 믿고 있다가는 아무 일도 할 수 없겠어. 친척들을 불러야지."

혼잣말로 중얼거리더니, 아들을 향해 이렇게 말했습니다.

"네 삼촌들과 사촌 형제들에게 연락해서, 내일부터 보리를 베도록 하자."

전보다도 더욱 놀란 새끼 새들은 어미 새가 먹이를 구해서 돌아오자마자 밭주인이 한 말을 그대로 전했습니다.

그러자 어미 새가 이렇게 말했습니다.

"만약 그것뿐이라면 별로 놀랄 것 없단다. 왜냐하면 친척들은 자기들의 일도 바쁘기 때문에 제때 올 수 없을 거다. 하지만 요 다음에는 특별히 귀 기울여 들어야 한다. 그리고 반드시 내게 알려 줘야 한다."

그 다음 날, 어미 새가 밖으로 나가고 없을 때에 또 다시 아들을 동행한 밭주인이 나타났습니다.

벌어질 대로 벌어진 보리이삭에서 떨어진 보리알이 곳곳에 흩어져 있는 것을 보고, 밭주인은 한숨이 절로 나오는지 숨을 몰아 쉰 다음 아들에게 말했습니다.

"이제는 더 이상 이웃 사람이나 친척들을 기다려서는 안되겠다. 당장 가서 일할 사람을 알아 보거라. 품삯은 넉넉히 준다고 하고……. 일꾼들과 같이 내일 아침부터 우리가 보리를 베도록 하자."

어미 새가 먹이를 구해서 돌아오자, 새끼 새들은 조금 전에 들은 이야기를 하나도 빠뜨리지 않고 어미 새에게 그대로 전했습니다.

"엄마! 이제 정말 큰일 난 거지. 엄마, 우린 이제 어떡해?"

그러자 어미 새가 말했습니다.

"그래, 이제 떠날 때가 되었구나. 왜냐하면 사람들이 자기일을 남에게 맡기지 않고 직접 한다고 하면, 그건 틀림없이 그대로 시행되고 만단다."

모든 것은 다 해야 할 때가 있는 법입니다. 서둘러야 될 일도 있지만, 묵묵히 기다려야 하는 일도 있습니다.

그것을 잘 판단하는 일이야말로 '지혜'가 아닐까요?

박쥐와 족제비

어느 날 밤, 어두운 밤에만 날아다니는 박쥐가 나뭇가지에 앉아서 쉬고 있었습니다.

그런데 갑자기 족제비가 나타나서 박쥐를 잽싸게 잡아챘습니다.

박쥐는 족제비에게 살려 달라고 싹싹 빌며 애원했습니다.

"족제비님! 제발 저를 살려 주세요."

"너를 살려 달라고? 하지만 하늘을 나는 새는 절대로 살려 줄 수가 없어."

평소에 새들을 몹시 미워한 이 족제비는 박쥐의 애원을 외면했습니다.

"족제비님! 잘 보세요. 저는 날개를 달고 날아다니는 새가 아니에요. 저는 원래 쥐란 말입니다."

박쥐가 붙들고 늘어지며 족제비에게 사정을 하자, 족제비의 마음이 조금 움직이는 듯했습니다.

"네가 쥐라고? 어디 보자."

자세히 살펴보니 박쥐의 말대로 쥐 같은 모습을 하고 있기에, 족제비는 박쥐를 놓아 주었습니다.

족제비로부터 간신히 목숨을 건진 박쥐는 재빨리 도망쳤습니다.

며칠이 지난 어느 날, 땅에 내려앉았던 박쥐는 다른 족제비에게 또 다시 잡히고 말았습니다.

그러자 이번에도 박쥐는 손을 싹싹 비비며 빌었습니다.

"족제비님! 제발 저를 살려 주세요."

"살려 달라고? 너는 쥐처럼 생겼으니 살려 줄 수가 없구나. 나는 이 세상에서 쥐를 제일 싫어하거든."

쥐를 제일 싫어한다는 족제비의 말을 들은 박쥐는 재빨리 날개를 펴 보이며 말했습니다.

"족제비님! 저는 쥐가 아니고 새예요. 자, 제 날개를 좀 보세요. 그리고 저는 하늘을 날아다니는데, 쥐라면 어떻게 하늘을 날 수 있겠어요?

"그래? 어디 보자."

족제비는 박쥐의 날개를 꼼꼼히 살펴보았습니다.

"음, 정말 날개가 있군. 하마터면 큰일 날 뻔했군."

그래서 박쥐는 또 다시 어려운 고비를 넘기고 살아남을 수 있었습니다.

상황에 따라 알맞게 대처하는 것은 지혜입니다.

위험에 처했을 때는 자신의 모든 지혜를 동원하여 위험에서 벗어나야 하며, 그러기 위해서는 평소에 능력을 길러야 합니다.

하지만 변덕이나 교활함과는 구별할 줄 알아야겠죠?

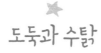

도둑과 수탉

　도둑들이 물건을 훔치러 어느 집에 슬며시 숨어들어 갔습니다.

　그러나 그 집에는 아무리 뒤져 봐도 훔쳐갈 만한 물건이라고는 하나도 보이지 않았습니다.

　그냥 나오는 것이 아쉬워서 주변을 둘러보니, 수탉 한 마리가 시렁 위에서 자고 있는 것이 눈에 띄었습니다.

　"배가 몹시 고픈데 이거라도 가져가서 잡아먹어야지!"

　도둑들은 시렁 위의 수탉을 달랑 들고 그들의 소굴로 돌아왔습니다.

　잠시 후, 도둑들이 수탉을 잡아먹으려고 목을 비틀자 수탉이 날개를 파닥거리면서 애원했습니다.

　"제발 저를 살려 주세요!"

"훔쳐갈 물건이 있었다면, 너를 잡아오지는 않았겠지. 다 너의 운명이라고 여기렴."

도둑 중 하나가 수탉에게 마치 선심이라도 쓰듯 말했습니다.

"하지만 저는 억울해요. 저는 늘 짐승 편이 아니라 사람 편을 들었는데, 이렇게 사람에게 잡혀죽어야 하다니 정말 억울해요!"

수탉이 고래고래 악을 쓰며 억울함을 하소연했습니다.

"뭐, 사람 편? 어째서 네가 사람 편이었다는 거냐?"

그러자 수탉이 차분한 어조로 대답했습니다.

"저에게 주어진 역할은 새벽마다 일하러 나가는 사람들을 깨우는 것이었습니다. 그래서 저는 잠도 제대로 자지 못한 채 대기하고 있다가, 새벽이 되면 큰 소리로 울어서 사람들을 깨우곤 했답니다. 이런데도 사람 편이 아니었다는 겁니까?"

그러자 도둑은 더욱 힘껏 수탉의 목을 조이며 말했습니다.

"이제 보니 너야말로 우리의 원수로구나. 네가 새벽에 울 때마다 우리는 줄행랑을 쳐야 했고, 그럼으로써 우리는 많은 손해를 보곤 했지. 우리의 최대 방해꾼인 너는 우리 손에 당장 죽어야겠다. 새벽마다 사람들을 깨운 것이 바로 너의 죄이니라."

수탉은 다른 말로 애원할 걸 그랬다고 후회했지만, 이미 소용없는 일이었습니다.

스스로 자신의 잘못을 고백한 꼴이 되고 말았기 때문입니다.

모든 사람에게 골고루 좋은 일은 드뭅니다.

한쪽에는 좋은 일이라도, 그 일로 인해 피해를 보는 다른 쪽의 사람이 있을 수 있습니다.

또한 상대방에 따라 말을 가려서 할 줄 아는 사람이 진짜로 말을 잘하는 것이랍니다.

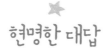

현명한 대답

　동물의 왕이라고 자부하는 사자에게는 말 못할 고민이 있었습니다.

　사자는 자신의 입에서 고약한 냄새가 나기 때문에 다른 동물들이 자신을 보면 슬금슬금 피한다고 생각했습니다.

　어느 날, 사자가 양을 불러서 물었습니다.

　"내 입에서 고약한 냄새가 나느냐?"

　"예! 냄새가 무척 고약합니다."

　양이 정직하게 대답하자, 사자는 마구 화를 냈습니다.

　"이 바보 같은 놈! 뭐, 내 입에서 고약한 냄새가 난다고?"

　사자는 분이 풀리지 않는 듯, 양의 대가리를 마구 물어뜯었습니다.

　이번에는 이리를 불렀습니다.

이리가 사자 앞에 다가오자 또 다시 물었습니다.

"내 입에서 고약한 냄새가 나지 않느냐?"

"아아뇨. 고약한 냄새라뇨? 당치도 않습니다."

그러자 사자는 또 마구 화를 냈습니다.

"이 아첨꾼 같은 놈!"

사자는 화를 참지 못하고 이리를 갈기갈기 찢어발겼습니다.

마지막으로 사자는 여우를 불렀습니다.

"너는 어떻게 생각하느냐?"

"무얼 말씀입니까?"

여우는 사자가 무슨 질문을 하려고 그러는지 알고 있었지만, 짐짓 시침을 떼고 물었습니다.

"내 입에서 고약한 냄새가 나지?"

사자는 은근한 목소리로 여우에게 물었습니다.

여우는 어리둥절한 표정을 지으며 대답했습니다.

"저는 감기에 걸려 있어서 전혀 코가 말을 듣지 않습니다. 그래서 냄새를 전혀 맡을 수가 없습니다."

여우의 말은 들은 사자는 아무 말 없이 여우를 돌려보내 줬습니다.

지혜로운 사람은 하고 싶은 말이 있어도 위험한 상황에서는 말을 아낍니다.

어떤 말을 해도 시빗거리가 될 수 있기 때문입니다.

황소와 개구리

황소가 연못에서 물을 마시고 있었습니다.

연못가에서는 새끼 개구리들이 팔딱팔딱 뛰면서 장난을 치느라 정신이 없었습니다.

황소가 하품을 하며 하늘을 쳐다보고 있을 때, 한 새끼 개구리가 황소의 발 아래로 팔짝 뛰어들었습니다.

하지만 그 사실을 눈치 채지 못한 황소가 발을 옮기는 바람에 그 개구리는 배를 밟히고 말았습니다.

안타깝게도 배가 뭉개진 개구리는 그 자리에서 숨을 거두었습니다.

어미 개구리가 밖에 나갔다가 돌아와서 보니 아이들 중 하나가 보이지 않았습니다.

그래서 개구리 형제들에게 물었습니다.

"셋째가 보이질 않는데, 어딜 갔느냐?"

"어디 간 것이 아니라, 배가 터져서 죽었어요."

개구리 형제 중 넷째가 대답했습니다.

"뭐라고 죽었다고? 어쩌다가 그런 일을 당한 거지?"

어미 개구리는 너무 놀라서 입을 제대로 다물지도 못했습니다.

"무지무지하게 커다란 네 발 가진 짐승이 둘로 갈라진 뒷발로 밟아서 죽었어요."

개구리 형제 중 둘째가 대답했습니다.

그러자 어미 개구리는 자신의 배를 크게 부풀리면서 물었습니다.

"그 짐승의 크기가 이만하더냐?"

"아니에요. 그것보다 훨씬 더 커요."

이번 질문에는 개구리 형제 중 다섯째가 대답했습니다.

그러자 어미 개구리가 배를 아까보다 더 부풀리면서 물었습니다.

"그 괴물 같은 짐승이 이만하더냐?"

계속되는 어미 개구리의 질문에, 개구리 형제 중 맏이가 참지 못하겠다는 듯 나서서 대답했습니다.

"그만 하세요! 그 괴물의 크기를 제대로 흉내 내다가는 엄마 배가 터져 버리고 말 거예요. 그리고 셋째가 죽은 것이 슬픈 일이지, 그 괴물이 얼마나 큰가를 알아서 뭐 하려고 그러세요?"

우리 주변을 둘러보면, 문제의 핵심을 파악하지 못한 채 엉뚱한 것을 가지고 떠들어 대는 사람이 종종 있습니다.

쓸데없는 주변 얘기로 떠들어 대는 것은 시간 낭비일 뿐입니다.

중요한 것은, 문제의 핵심이 무엇인지를 분명히 알아서 그에 대한 대책을 세우는 일입니다.

행복의 세 가지 비결

어느 무더운 여름날 밤이었습니다.

한 농부가 잠자리에 들었는데, 어디선가 노래하는 꾀꼬리의 아름다운 소리가 들려왔습니다.

"목소리가 참 곱기도 하구나!"

농부는 꾀꼬리의 노랫 소리를 자장가라 여기며 스르르 잠에 빠졌습니다.

다음날 아침, 잠에서 깬 농부는 어젯밤에 들려온 꾀꼬리 노랫 소리가 떠올랐습니다.

"간밤에 들려온 꾀꼬리 소리가 얼마나 곱던지, 조금도 더운 줄 모르고 잠에 들었었지. 아참, 이러고 있을 게 아니라, 그 꾀꼬리를 잡아다가 기르면 날마다 고운 목소리를 들을 수 있지 않을까?"

농부는 꾀꼬리를 잡아야겠다고 마음먹고, 덫을 만든 다음 숲에다 갖다 놓았습니다.

그리고 며칠 후에 덫에 걸린 꾀꼬리 한 마리를 잡아서 집으로 데리고 왔습니다.

"꾀꼬리야! 너의 고운 목소리를 날마다 듣고 싶어서 너를 이렇게 데려왔단다. 자, 이제부터 새장에서 놀다가, 밤이 되면 나에게 고운 노랫 소리를 들려주는 것이 네가 할 일이란다."

농부가 새장 안으로 꾀꼬리를 밀어 넣으며 이렇게 말하자, 꾀꼬리가 슬픈 표정을 지으며 말했습니다.

"저는 숲에서만 노래를 부를 수 있답니다. 이렇게 새장에 갇혀 있으면 저는 병이 나서 얼마 살지 못할 겁니다. 그렇게 되면 당신에게 영원히 노래를 들려 드리지 못하게 될 거에요."

꾀꼬리가 간절히 애원했건만, 농부는 대수롭지 않다는 듯이 말했습니다.

"그건 전혀 걱정할 일이 아니란다. 그럴 리도 없겠지만, 만약 네가 죽게 되면 그때는 너를 잡아먹으면 되지 않겠니?"

"뭐라고요? 나를 잡아먹는다고요?"

꾀꼬리가 기겁을 하며 소리쳤습니다.

'잘못 하다가는 숲으로 돌아가지도 못하고 잡혀 먹히고 말 겠는데. 하지만 이대로 포기할 수는 없지.'

꾀꼬리는 너무나 겁이 났지만 어떻게 해서든지 살아야겠 다고 결심했습니다.

꾀꼬리는 며칠 동안 온갖 궁리를 다한 끝에 농부에게 할 말 이 있다고 말했습니다.

"만일 저를 숲으로 돌려보내 주신다면, 당신이 행복해질 수 있는 세 가지 비결을 알려 드리겠습니다."

"뭐? 행복해질 수 있는 비결을 알려 주겠다고?"

"네, 그렇습니다. 제가 말하는 비결 세 가지를 알게 되면, 당신은 이 세상에서 가장 행복한 사람이 될 것입니다."

"정말이지? 너를 숲으로 보내 주면 세 가지 비결을 알려 주 는 거지?"

농부는 거듭 꾀꼬리에게 다짐을 받은 후 꾀꼬리를 놓아 주 었습니다.

행복해질 수 있는 세 가지 비결이 너무나 궁금했기 때문입 니다.

꾀꼬리가 혹시라도 잡힐까봐 재빨리 나뭇가지 위로 날아 가 앉자, 농부가 재촉을 해 댔습니다.

"자, 너를 놓아 주었으니 빨리 세 가지 비결을 말해 줘야지."

"그럼요, 잠깐만 기다리세요. 우선 노래 한 곡을 부른 다음 알려 드릴게요."

꾀꼬리는 행복한 표정으로 즐겁게 노래를 불렀습니다.

그리고는 농부를 바라보며 비웃듯이 말했습니다.

"지금부터 제가 하는 얘기를 잘 들으세요. 행복해질 수 비결 중 한 가지는 붙잡힌 자들의 애원이나 약속을 절대 믿지 말라는 겁니다. 두 번째 비결은 자신이 갖고 있는 것을 함부로 대하지 말고, 매우 소중하게 여기라는 겁니다. 마지막으로 세 번째 비결은 이미 잃어버린 것이 있다면 미련을 두지 말고 깨끗하게 잊으라는 겁니다. 알겠습니까? 그럼, 당신이 행복해지기를 진심으로 빌겠습니다."

그제야 농부는 꾀꼬리에게 속은 것을 깨달았지만, 꾀꼬리는 이미 숲으로 날아가 버린 후였습니다.

자신의 이익을 위해서 남을 짓밟는 사람은 결코 행복해질 수 없습니다.

주변 사람을 불행하게 만들어 놓고 혼자만 잘 살면, 그게 무슨 행복이겠습니까?

괭이를 잃어버린 농부

농부 세 명이 포도밭에서 땅을 파고 있었습니다.

그 중 한 명이 잠깐 볼일을 본 다음 돌아와 보니, 괭이가 없어졌습니다.

"여보게! 여기 뒀던 내 괭이, 안 가져갔소?"

한 농부에게 물어보았습니다.

"아니오. 그런데 그걸 왜 나한테 물어보는 거요?"

그 농부가 불쾌해하며 대답했습니다.

"그럼, 혹시 당신이 내 괭이를 가져간 것 아니오?"

또 다른 농부에게 물어보았습니다.

"알지도 못하면서 억지소리 그만하시오!"

또 다른 농부는 마구 화를 냈습니다.

누구에게 물어보아도 모른다고만 하니, 농부는 마음씨가

무척 답답했습니다.

"그렇다면 하는 수 없지. 자네들이 가져가지 않은 것이 사실이라면, 신령님께 맹세할 수 있겠소?"

"좋소. 맹세하라면 못할 것 같소? 지금 당장이라도 하도록 합시다."

괭이를 잃어버린 농부는 두 농부를 데리고 읍내로 갔습니다.

"여보게! 신령님께 맹세를 한다면서, 어째서 읍내로 가는 건가? 신령님께 하는 맹세는 어디서든 할 수 있는 것이 아닌가?"

한 농부가 의아해하며 물었습니다.

"자네도 참으로 답답하구먼. 사람도 읍내 사람이 시골 사람보다 영리한 것처럼, 신령님도 시골 사는 신령님보다 읍내 사는 신령님이 더 현명하실 거 아닌가? 이왕이면 똑똑한 신령님께 가서 맹세하려고 그러는 걸세."

그 말을 들은 농부는 그럴지도 모른다는 생각이 들어 고개를 끄덕였습니다.

세 명의 농부가 읍내 성문을 들어서니, 마을 입구에 샘이 있었습니다.

"마침 잘 됐군. 목이 무척 말랐는데, 목 좀 축이고 갑시다."

농부들은 어깨에 짊어졌던 망태기를 내려놓고 물을 실컷

마셨습니다.

그때 관청의 일을 알리는 관리 한 사람이 소리소리 지르며 지나갔습니다.

"모두들 잘 들어라! 신령님을 모시는 신전에서 제사 그릇을 도둑맞았다. 신령님의 제사 그릇을 훔친 도둑놈을 잡는 사람에겐 천 드라크마를 상금으로 주겠다."

괭이를 잃어버린 농부는 그 말을 듣자마자 투덜거렸습니다.

"괜스레 읍내까지 왔구먼. 자기 제사 그릇을 훔쳐간 도둑놈도 모르는 신령님이 내 괭이를 훔쳐간 도둑놈을 어떻게 찾아내겠는가."

한 농부는 그 말도 그럴듯하다고 생각하며 고개를 끄덕였습니다.

세 농부는 도끼를 가져간 사람은 잡지 못한 채, 발길을 돌려 다시 포도밭으로 돌아갔습니다.

아무 근거도 없이 주변 사람을 의심하는 것은 죄악이라고 합니다.

게다가 자기 일도 제대로 해결하지 못하는 사람에게 도움을 청하는 것처럼 어리석은 일도 없을 겁니다.

여우 탓을 하는 농부

옛날에 아주 마음씨 고약한 농부가 살고 있었습니다.

특히 여우를 무척 싫어하는 이 농부는 좋지 못한 일만 생기면 모든 것을 여우 탓으로 돌리곤 했습니다.

날씨가 궂거나 비가 오면 이렇게 투덜거렸습니다.

"날씨가 왜 이렇게 사나운 거야? 이건 틀림없이 여우란 놈이 장난을 쳐서 그런 걸 거야."

또 몸이 아파서 누워 있을 때는 이렇게 투덜댔습니다.

"여우란 놈이 우리 집에 독을 뿜어대기 때문에 내가 이렇게 몸이 아픈 게 분명해."

그러던 어느 날, 농부의 집에서 기르던 닭이 도망치자 이번에도 농부는 여우 탓을 하며 화를 냈습니다.

"틀림없이 여우란 놈이 잡아갔을 거야. 요 녀석, 어디 두고 보자!"

마음씨 고약한 농부는 더는 참지 못하겠다는 듯이 밭으로 달려가더니, 여우를 잡기 위해 덫을 놓았습니다.

그런데 여우의 집에서는 배가 고픈 새끼들이 한참 어미에게 떼를 쓰고 있었습니다.

"엄마, 배고파요. 어서 먹을 것 좀 주세요."

"알았어, 조금만 기다려. 엄마가 곧 먹을 것을 구해 올 테니까."

어미 여우는 먹이를 구하기 위해 들쥐들이 많이 사는 농부의 밭으로 나갔습니다.

덫이 놓인 것을 알 리 없는 어미 여우가 농부의 밭에 막 발을 들여 놓는 순간, 무엇인가가 발에 '철컥'하며 걸렸습니다.

"아야! 이게 뭐야?"

마음씨 고약한 농부가 놓은 덫에 여우가 그만 걸려든 것입니다.

여우의 비명 소리가 들리자, 마음씨 고약한 농부는 이렇게 소리쳤습니다.

"드디어 걸려들었군. 요 녀석, 어디 맛 좀 봐라!"

농부는 몽둥이를 찾아 들더니 쏜살같이 밭으로 달려갔습니다.

"꼴좋다! 그래, 기분이 어떠냐?"

농부가 여우를 보고 놀려 대자, 여우는 눈물을 흘리며 애원했습니다.

"제발 저를 좀 살려 주세요! 제가 죽으면, 제 새끼들이 모두 굶어 죽게 돼요."

"뭐, 살려 달라고? 그 동안 너 때문에 골탕 먹은 걸 생각하면 이가 갈린다."

"제가 무슨 골탕을 먹였다고 그러시는 거예요?

"요 녀석, 네가 한 일을 모른다고 시치미를 떼는 거냐?"

"저는 잘 모르는 일이지만, 아무튼 저를 좀 살려 주세요!"

"요 발칙한 녀석 같으니라구! 어림없다, 이 녀석아. 너 같은 녀석은 혼이 좀 나야 해!"

"살려 주세요! 이틀이나 굶은 제 새끼들이 저를 기다리고 있단 말이에요."

여우가 애원하면 할수록 농부는 화를 더 내면서 소리를 질렀습니다.

"그래? 너를 죽이면 새끼까지 굶어죽게 된다고? 그거 정말 잘됐구나!"

아무리 생각해도 농부에게 해를 끼친 일이 없는 여우는 생각할수록 억울하고 분통이 터졌습니다.

그러나 발이 덫에 걸려 꼼짝 할 수 없었으므로 속수무책 당할 수밖에 별 도리가 없었습니다.

마음씨 고약한 농부는 꼼짝 못하고 있는 여우의 꼬리에 기름을 붓더니, 옆에 놓여 있는 짚 다발 더미에 불을 붙였습니다.

그리고는 놀리듯이 의기양양한 표정을 지으며 여우에게 말했습니다.

"이제 너를 놓아 줄 테니, 어서 네 새끼들에게 가 보거라."

그러나 이미 꼬리에 불이 붙어 너무 뜨거운 나머지, 여우는 이리 뛰고 저리 뛰며 어쩔 줄 몰라 했습니다.

그런데 하늘나라에서 하느님이 이 모습을 보고 몹시 노하셨습니다.

"에잇, 고약한 놈! 아무 잘못도 없는 여우에게 저런 몹쓸 짓을 하다니……. 저 고약한 놈을 혼내 줘야지 안 되겠다. 여우야! 빨리 저 옆에 있는 보리밭으로 뛰어가거라!"

여우는 경황없는 중에도 하느님의 목소리를 듣고, 보리이삭이 잘 익어 가고 있는 보리밭으로 뛰어갔습니다.

꼬리에 불이 붙은 여우가 보리밭으로 들어가 뜨거움을 견디지 못하고 이리 뒹굴고 저리 뒹굴자, 보리밭이 삼시간에 불바다로 변해 버렸습니다.

"어? 내 보리밭에 불이 붙었네? 어떡하지? 그런데 저 녀석이 왜 갑자기 보리밭으로 뛰어간 거야?"

마음씨 고약한 농부는 여우를 보리밭에서 쫓아내려고 정신없이 뛰어다니면서도, 빠뜨리지 않고 여우 탓을 했습니다.

그런데 농부에게 쫓기던 여우가 이번에는 곡식들이 저장되어 있는 곳간으로 달려갔습니다.

여우가 곳간으로 들어가 꼬리에 붙어 있는 불을 끄기 위해 또 다시 이리 뒹굴고 저리 뒹굴자, 곳간도 이내 불길에 휩싸이고 말았습니다.

지난 가을에 거둬들인 바싹 바른 곡식들이 탁탁 소리를 내며 순식간에 타 버렸을 뿐만 아니라, 농부가 살고 있는 집으로까지 불이 번졌습니다.

게다가 거센 바람까지 불어와, 집과 세간이 순식간에 모두 재로 변해 버리고 말았습니다.

"아이구, 나는 이제 쫄딱 망했다!"

마음씨 고약한 농부는 땅바닥에 털썩 주저앉아 엉엉 소리 내어 울었습니다.

그런데 이번에는 맑게 개었던 하늘에 갑자기 먹구름이 몰려오더니 비가 쏟아지기 시작했습니다.

마치 변덕 잘 부리는 여우처럼 날씨 변화가 극심했습니다.

그 덕분에 여우는 꼬리에 붙어 있던 불을 끌 수 있었고, 불에 덴 상처까지 추스를 수 있게 되었습니다.

　아픈 것이 덜해지자, 여우는 밭에 가서 들쥐를 잡은 다음 새끼들이 기다리고 있는 집으로 갔습니다.

　여우에게는 참으로 긴 하루였습니다.

　그것은 마음씨 고약한 농부도 마찬가지였을 겁니다.

　뭐든 잘못되기만 하면 남의 핑계를 대는 사람들이 있는데, 당하는 사람은 얼마나 억울하고 분통이 터지겠습니까.

　자기 잘못은 생각하지 않고 남을 탓하면서 심술을 부리는 사람은 언젠가는 그것을 고스란히 되돌려 받게 된답니다.

독수리와 딱정벌레

독수리가 토끼를 잡아먹으려고 쫓아다녔습니다.

토끼는 도망을 치면서 자신을 도와줄 만한 짐승들을 찾아보았지만 아무도 눈에 띄지 않았습니다. 겨우 조그만 딱정벌레 한 마리가 있을 뿐이었습니다.

토끼는 할 수 없이 딱정벌레에게 이렇게 부탁했습니다.

"독수리가 나를 잡아먹으려고 하는데 살려 주세요."

"염려하지 말거라, 토끼야."

딱정벌레가 자신 있다는 듯이 대답했습니다.

독수리가 가까이 다가왔습니다.

"여보세요, 독수리 아저씨! 토끼가 살려 달라고 저렇게 애원하니 잡아먹지 마세요."

딱정벌레의 말을 들은 독수리는 어이없다는 듯이 픽 웃었습니다.

"별 건방진 녀석을 다 보겠네. 이 놈아! 내가 너 같은 녀석의 말이 무서워서 토끼를 살려 줄 줄 아느냐?"

독수리는 보라는 듯이 그 자리에서 토끼를 냉큼 잡아먹었습니다.

"어디 두고 보자!"

딱정벌레는 이를 갈며 앙심을 품었습니다.

그때부터 딱정벌레는 독수리의 집만 찾아다녔습니다.

그리고는 독수리가 알을 낳을 때마다 그 알을 찾아내어 굴러 떨어뜨렸습니다.

"나를 무시하고 토끼를 잡아먹은 너는 혼 좀 나야 해."

알을 낳기만 하면 딱정벌레가 깨뜨려 버리기 때문에, 독수리는 마음 놓고 알을 낳을 수가 없게 되었습니다.

평소에 제우스의 심부름을 도맡아서 하던 독수리는 생각다 못해 제우스에게 하소연을 했습니다.

"제우스님! 딱정벌레가 알을 깨뜨릴 수 없을 만한 곳이 어디 없을까요?"

독수리의 말을 들은 제우스는 그의 사정이 너무나 딱하게 여겨져 이렇게 말했습니다.

"그렇다면 내 가슴속에다 알을 낳아라."

독수리는 제우스의 말을 듣고, 이제는 딱정벌레도 어쩔 도리가 없을 거라면서 마음 놓고 알을 낳았습니다.

그 사실을 알게 된 딱정벌레가 가만있을 리가 없습니다.

"흥! 그렇다고 내가 그냥 둘 줄 알고? 천만에 말씀이지!"

딱정벌레는 짐승들이 누운 똥을 모아서 열심히 굴려 알 모양을 만들었습니다.

그런 다음 그것을 가지고 나무 위로 기어 올라가서 제우스의 가슴에 떨어뜨렸습니다.

제우스는 졸지에 똥 벼락을 맞게 된 것입니다.

"아니, 이게 뭐야? 똥이잖아?"

제우스는 기겁을 하며 가슴에 떨어진 똥을 털어 버리려고 옷자락을 마구 흔들어 댔습니다.

그러다가 가슴팍에 놓여 있던 독수리 알을 떨어뜨리고 말았습니다.

그때부터 독수리는 딱정벌레가 나올 무렵에는 집을 짓지 않는다고 합니다.

아무리 힘이 약해 보이는 미물이라도 너무 얕보거나 깔보면 앙갚음을 당할 수 있습니다.

번데기를 비웃은 개미

어느 날 숲속에 천둥번개를 동반한 비바람이 거세게 몰아
쳤습니다.

"우르릉, 쾅!"

거센 바람에 나무는 뿌리째 뽑혀서 뒹굴었고, 새와 곤충들은
땅 속으로 기어들어가 꼼짝도 하지 못하고 벌벌 떨었습니다.

다음날 아침이 밝아오자, 언제 비바람이 몰아쳤냐는 듯이
활짝 개었습니다.

맑은 햇살이 얼굴을 내밀자 간밤에 비명을 질러 댄 나무는
생기를 되찾았고, 나뭇잎에 매달린 빗방울에 깨끗하게 씻긴
나뭇잎도 더욱 싱그럽게 빛났습니다.

그때 어디선가 바스락거리는 소리가 들려 왔습니다.

돌아보니, 땅 속에 숨어 있던 개미가 기어 나와 주변을 두

리번거리고 있었습니다.

"어젯밤은 정말 굉장했어. 몰아치는 비바람에 모든 것이 다 날아가는 줄 알았는데, 날씨가 이렇게 화창해져서 정말 다행이야."

개미가 기지개를 켜며 나른한 표정으로 말했습니다.

"그런데 저게 뭐지?"

기지개를 켜던 개미의 눈이 갑자기 커졌습니다.

개미가 보고 놀란 것은 번데기였습니다. 어젯밤, 거센 비바람이 몰아칠 때 나무 위에서 떨어졌던 것입니다.

개미는 가까이 다가가서 번데기를 들여다보며 이렇게 말했습니다.

"무슨 벌레가 날개도 없고, 다리도 없네. 이게 도대체 무슨 벌레야?"

"나는 번데기야. 나는 원래 날개도 없고, 다리도 없어서 움직이질 못해."

"거 참, 희한하네! 날개와 다리가 없으니 곤충이라고 할 수도 없군. 기어오르고 싶으면 언제든지 기어갈 수 있는 것이 곤충인데, 너는 정말 이상하게 생겼구나. 나는 너처럼 이상하게 생긴 벌레하고는 더 이상 상대하고 싶지 않아. 알겠니?"

개미는 이렇게 번데기를 비웃고 나서 어디론가 가 버렸습니다.

그리고 며칠이 지난 어느 날이었습니다.

또 한 차례의 비바람이 몰아쳐서 숲속에 있는 모든 것이 흠뻑 젖었습니다.

숲속에 난 길도 질퍽질퍽해서 걷는 것이 여간 곤혹스럽지 않았습니다.

"아이구, 힘들어! 이렇게 걷는 것이 힘들어서야, 원."

개미가 땀을 뻘뻘 흘리며 걷고 있는데, 누군가가 옆으로 다가와서 인사를 했습니다.

"안녕하세요? 걷는 모습을 보니 몹시 힘들어 보이네요?"

"남의 일에 참견하는 너는 도대체 누구냐?"

개미가 짜증 섞인 목소리로 대답하자, 아름다운 나비 한 마리가 날개를 팔랑이며 말했습니다.

"저를 모르세요? 며칠 전에 날개도 없고 다리도 없다고 당신이 비웃던 바로 그 번데기랍니다. 그런데 이제는 나비가 되어서 가고 싶은 곳을 어디든지 마음대로 갈 수 있답니다."

"네가 그 번데기라고?"

개미는 믿을 수 없다는 듯이 반문했습니다.

"그런데 당신은 무척 힘이 들어 보이는군요. 땅 위에서도 잘 걷지 못하니 말이에요."

땀을 뻘뻘 흘리며 걷는 개미에게 손을 흔들면서 나비는 훨훨 날아갔습니다.

현재의 모습이 볼품없고 남루하다고 해서 비웃거나 무시해서는 안 됩니다.

훌륭한 모습으로 성장한 사람 가운데는 힘들고 어려운 시절을 이겨 낸 사람이 아주 많답니다.

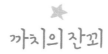

까치의 잔꾀

어느 날, 제우스가 골똘하게 생각에 잠겼습니다.

'이 세상 모든 것엔 왕이 있는데, 새들에게만 왕이 없단 말이야.'

제우스는 모든 새들을 모이게 한 다음 말했습니다.

"너희들 중에서 가장 아름다운 새를 임금으로 삼을 테니 재주껏 몸치장을 하고 모이도록 해라."

새들은 모두들 냇물에 가서 털을 씻으며 몸치장을 했습니다.

냇물에 몸을 담가 날개를 꼼꼼히 씻은 학은 눈처럼 희어졌습니다.

날개를 쫙 펴고 정성스럽게 씻은 공작은 꽃처럼 아름다워졌습니다.

'그렇지만 나는 아무리 목욕을 해도 소용이 없어. 워낙 털

빛이 까맣고 보기 흉한 걸 어떡하란 거야?'

까치는 여러 가지 궁리 끝에 한 가지 꾀를 생각해 냈습니다.

'그래, 그래. 다른 새들한테서 빠진 깃털을 내 몸에 꽂으면 분명 아름다워질 거야…….'

까치는 여러 새들 몸에서 빠진 깃털을 열심히 주워 모았습니다.

그런 다음 자기 몸에 정성스럽게 꽂았습니다.

금빛 같은 꾀꼬리의 깃털도 꽂고, 은빛을 발하는 학의 깃털도 꽂았습니다.

그리고 제우스 앞으로 날아갔습니다.

"너는 무슨 새인데, 그렇게 눈이 부시도록 아름다우냐?"

제우스가 까치를 보고 물었습니다.

"저는 까치라는 새예요."

"음, 까치가 이렇게 아름다운 줄 미처 몰랐구나. 다른 어떤 새들보다도 아름다운 너를 새들의 왕으로 삼겠다."

그 말에 다른 새들이 펄쩍 뛰며 항의를 했습니다.

"말도 안 돼요!"

"속임수예요!"

"까치의 몸에 있는 아름다운 깃털은 모두 우리 것이란 말이에요!"

새들은 저마다 한 마디씩 소리쳤습니다.

"도대체 무슨 소리를 하는 거냐? 어째서 너희들의 깃털이 란 말이냐? 공연히 샘이 나서 거짓말을 하는 거지?"

"아니에요! 저희 말이 사실입니다."

"절대로 샘이 나서 그러는 것이 아닙니다."

그러면서 진실을 보여 주겠다는 듯이, 까치에게 달려든 새 들이 저마다 자기들의 깃털을 뽑아 갔습니다.

까치는 다시 원래의 모습대로, 보기 흉한 까만 몸이 되고 말았습니다.

남의 것을 가지고 자기 것인 척하거나, 남에게 돈을 꾸어서 잘사는 척하는 것은 옳지 못한 일입니다.

일시적으로는 눈속임을 할 수 있을지 모르지만, 언젠가는 본모습이 드러나서 망신을 당하고 맙니다.

공작과 학

　자기 몸이 세상에서 가장 아름답다고 생각하는 공작이 있었습니다.

　그 공작은 누군가가 자기를 쳐다보면 자기가 아름답기 때문이라고 생각했습니다.

　또한 자신의 아름다움을 보고 칭찬해 주는 누군가가 나타나기를 늘 기다렸습니다.

　하루는 학을 만났는데, 학이 자신의 아름다움에 대해 아무 말도 하지 않자 공작은 몹시 화가 났습니다.

　계속 날개를 펼쳐 보여도 학이 아무 반응을 보이지 않자, 공작은 공연히 시비를 걸었습니다.

　"이것 봐! 내 몸을 똑똑히 보란 말이야. 나는 꽃이나 무지개처럼 고운 옷을 입고 있는데, 자네 꼴은 그게 뭔가? 초상집에 온 것처럼 흰 옷을 입고도 부끄러운 줄을 모르니, 참으로 뻔뻔스럽구먼!"

공작의 말을 들은 학은 몹시 불쾌하고 기가 막혔지만, 상대하고 싶지 않아서 대꾸하지 않은 채 그냥 지나치려 했습니다.

하지만 공작은 자신의 말이 모두 옳기 때문에 학이 아무 말도 하지 못하는 것이라고 여겼습니다.

그래서 공작은 또다시 학에게 시비를 걸었습니다.

"어이, 할 말 있으면 해 보지 그래? 왜 아무 말도 못하는가?"

그러자 학도 더는 참지 못하겠다는 듯이 이렇게 내뱉었습니다.

"뭘 제대로 모르면 가만히 좀 있게나. 나는 저 높은 하늘을 마음대로 날아다닐 수 있다네. 달님하고 얘기도 나누고, 별님들과 어울려서 춤을 출 수도 있단 말이야. 그렇지만 자네는 그게 뭔가? 날개가 있어도 날아다니지도 못하고, 돼지처럼 뒤뚱뒤뚱 걸어 다니는 그 꼴이 창피하지도 않은가?"

공작은 학에게 무슨 말인가를 하려고 했지만, 학의 말이 모두 옳게 여겨져 말문이 턱 막혔습니다.

공작은 졸지에 꿀 먹은 벙어리처럼 아무 말도 못하는 처지가 되고 만 것입니다.

사람의 능력은 제각각 다릅니다. 다른 사람의 능력은 인정하지 않으면서, 자기의 조그만 능력을 자랑하는 것은 참으로 어리석은 일이지요.

더구나 속은 텅 비었으면서 겉모양만 가지고 뽐낸다면 웃음거리가 될 수밖에 없습니다.

겉모습이 수수하더라도 실력이 있는 사람이 더 당당하고 아름다운 법이니까요.

전나무와 딸기나무

깊은 숲속에 하늘을 향해 우뚝 뻗은 전나무가 살고 있었습니다.

그리고 그 전나무 아래에는 땅바닥으로 길게 줄기를 늘어뜨린 딸기나무가 살고 있었습니다.

어느 날, 전나무가 딸기나무를 내려다보며 뽐내듯이 말했습니다.

"얘, 딸기나무야. 너는 어쩌다가 그렇게 볼품없이 태어났니?"

그러자 딸기나무도 지지 않고 말했습니다.

"키만 덩그러니 크면 뭘 해? 나는 이렇게 작아도 두려운 것이 없다구!"

"뭐라고, 두려운 게 없어? 아무 데도 쓸데없는 쓰레기에 불

과한 녀석이 큰소리 치기는?"

"미련한 녀석 같으니라구. 몸뚱이만 커다란 게 그렇게 자랑이냐? 나는 작아도 여태까지 너 같은 걸 부러워해 본 적이 한 번도 없단 말이다."

딸기나무는 계속 전나무를 비웃었습니다.

"흥, 그래도 주제에 큰소리는? 너는 내 몸이 얼마나 아름다운지, 보고도 모른단 말이냐? 그리고 내 몸으로는 큰 배를 만들 수 있을 뿐 아니라, 집을 지을 때도 지붕이나 기둥으로 사용된다는 걸 모른단 말이냐? 그런데 너는 도대체 어디에 쓸 수 있지? 땔감으로나 쓰면 모를까……."

전나무는 거만한 몸짓으로 한껏 거드름을 피웠습니다.

그때 멀리서 나무 찍는 소리가 들려왔습니다.

"쿵! 쿵!"

나무 찍는 소리가 들리자, 딸기나무가 의기양양하게 말했습니다.

"불쌍한 녀석 같으니라구. 저게 무슨 소리인지 모른다고 하지는 않을 테지? 네가 아무리 거만을 떨며 잘난 척을 해도, 저 소리만 들으면 꼼짝 못하잖아. 안 그래?"

딸기나무의 말에 전나무는 아무 말도 못한 채 겁에 질려 후들후들 떨기만 했습니다.

"나무꾼이 다가와 도끼와 톱으로 네 몸을 토막토막 자를 것을 생각하면, 기분이 어떠냐? 아마 죽을 맛일 걸. 그리고 너는 지금 속으로, 전나무가 아니라 딸기나무로 태어났으면 얼마나 좋을까 하며 나를 부러워하고 있지는 않냐?"

겁에 질린 전나무는 아무 말도 하지 못한 채 심장이 멎은 듯 꼼짝 않고 서 있었습니다.

능력이나 재산이 많다는 것이 무조건 뽐내거나 자랑할 만한 일은 아닙니다.

오히려 주어진 능력으로는 그에 합당한 일을 해야 하며, 재물이 많으면 가난한 이들을 도와야 하는 책임이 따르게 되는 것입니다.

하지만 능력이 없어서 아무것도 하지 못하는 사람이나 가진 것이 없어서 슬퍼하는 사람이 많은 세상에서, 남을 도울 수 있는 능력과 재물이 있다는 것은 커다란 축복임에 분명합니다.

농부와 나무

어느 농부의 밭에 잎이 무성한 나무 한 그루가 서 있었습니다.

그 나무는 열매라곤 하나도 열리지 않는데, 참새들이랑 매미들만 날아들어 시끄럽게 울어 댔습니다.

"이런 나무는 아무 소용도 없으니 베어 버리는 것이 낫겠어!"

매미와 참새가 밤낮없이 시끄럽게 울어 대자, 짜증이 난 농부가 창고에서 도끼를 가지고 왔습니다.

그것을 보고 참새가 말했습니다.

"아저씨, 아저씨! 제발 이 나무를 베지 마세요. 이 나무를 베면 우리는 갈 곳이 없어요."

매미도 손을 싹싹 비비며 부탁했습니다.

"아저씨, 제발 베지 말고 그대로 두세요. 지금까지보다도 아름다운 노래를 더 많이 들려드릴 테니, 베지 말고 그대로 두세요."

"시끄러워! 이 밭은 너희들 밭이 아니란 말이야. 내 밭에 있는 나무를 내가 베어 버리겠다는데, 무슨 잔소리가 그렇게 많아?"

농부는 도끼를 휘둘러서 나무를 찍었습니다.

두 번 세 번 찍다가 농부는 깜짝 놀랐습니다.

"이게 어떻게 된 거야?"

그 나무는 속이 텅 비어 있었습니다. 그래서 도끼로 찍으니까 구멍이 뻥 뚫렸습니다.

농부는 그 속을 들여다보았습니다.

"와! 꿀이다, 꿀!"

농부는 기쁨을 참지 못하고 외쳤습니다.

구멍 뚫린 나무속에는 벌집이 있었으며, 벌집에는 꿀이 잔뜩 고여 있었습니다.

"아무 소용없는 나무로만 알았는데, 이렇게 맛있는 꿀을 품고 있었다니……."

농부는 꿀을 보자마자 도끼를 멀리 내어던졌습니다.

그리고는 그 후부터 그 나무를 매우 소중하게 아끼면서 돌

봐 주었습니다.

 공부를 잘해서 학교를 빛내는 학생도 있지만, 운동으로 학
교의 명예를 드높이는 학생도 있습니다.
 어느 한 가지를 기준으로 사람을 판단해서는 안 됩니다. 사
람의 생김새가 각자 다르듯이, 사람이 가진 능력 또한 저마
다 다르기 때문입니다.

목동과 염소

목동이 집에서 기르는 염소들을 몰고 들로 나갔습니다.

염소들이 한참 풀을 뜯고 있는데, 산에 사는 야생 염소들이 몰려와서 같이 풀을 뜯어 먹었습니다.

저녁때가 되자, 목동은 자기가 데리고 온 염소들을 데리고 돌아가려다가 산에서 내려온 야생 염소들을 보며 중얼거렸습니다.

"가만 있자. 이놈들을 데리고 가면 모두 다 내 것이 되는 것이 아닌가?"

목동은 산에서 내려온 야생 염소들까지 한꺼번에 몰고 자기 집으로 돌아가서 우리에 가둬 놓았습니다.

그리고 이튿날이 되었습니다.

목동은 염소들을 몰고 들로 나가고 싶었지만, 비가 너무 많이 와서 우리 안에 그대로 가둬 둘 수밖에 없었습니다.

"풀을 뜯어 먹으러 나갈 수가 없으니, 이것들한테도 먹이를 주어야지."

목동은 자기 집에서 기르던 염소들에겐 배가 고프지 않을 정도로만 먹이를 주고, 산에서 내려온 야생 염소들에게는 훨씬 많은 먹이를 주었습니다.

"이렇게 하면 이 놈들이 내 말을 잘 듣고, 우리 집에서 도망칠 생각 따위는 하지 않을 거야."

그 다음날은 날이 활짝 개었습니다.

목동은 집에서 기르던 염소와 산에서 내려온 야생 염소를 모두 몰고서 들로 나갔습니다.

그런데 큰일이 생겼습니다.

집에서 기르던 염소들은 얌전히 풀을 뜯어 먹고 있는데, 산에서 내려온 야생 염소들은 모두 다 도망쳐 버렸습니다.

"예끼, 이 고약한 놈들!"

목동은 발을 동동 구르며 마구 화를 냈습니다.

"특별히 먹이도 많이 주고 정성스럽게 돌봐 줬는데, 은혜도 모르고 도망치다니…… 배은망덕한 놈들 같으니라구!"

그랬더니 산에서 내려온 야생 염소들이 목동을 돌아보며 놀리듯이 말했습니다.

"우리가 이렇게 도망치는 이유가 바로 그것 때문이오."

"도대체 무슨 말을 하는 거냐?"

"잘 생각해 보세요. 먼저 기르던 염소들보다, 어제 처음 당신 집에 간 우리를 잘 대접해 주셨지요? 그러면 나중에 또 다른 염소가 들어오면, 우리들보다도 그 염소들을 더 위해 주지 않겠어요? 우리가 바보가 아닌데, 그 꼴을 어떻게 볼 수가 있겠어요? 그러니까 도망치는 것이 당연하지 않은가요?"

오래 사귄 친구보다도 새로 사귄 친구를 더 좋아하는 사람과 친하게 지내고 싶은 사람은 없을 겁니다.

그런 사람은 나중에 또 다른 친구가 나타나면 그 쪽으로 마음이 쏠리고 말 것이 분명하니까요.

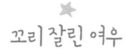

꼬리 잘린 여우

며칠을 굶은 여우가 먹이를 구하러 다니다가 덫에 걸렸습니다.

여우는 어떻게든 목숨만은 건져야겠다는 생각으로 기를 썼습니다.

그 덕분에 간신히 빠져 나오기는 했지만, 항상 멋지다고 뽐내던 꼬리를 잘리고 말았습니다.

그런데 처음에는 목숨을 건졌으면 됐지, 그까짓 꼬리 좀 잘렸다고 기죽을 필요가 있겠느냐며 당당하게 돌아다녔습니다.

하지만 다른 여우들의 풍성한 꼬리를 볼 때마다 부끄럽고 창피해서 견딜 수가 없었습니다. 그래서 꼬리를 잘리고 도망치기보다는 차라리 죽는 편이 더 나았을 거라고 생각하기도 했습니다.

그러다가 자신의 결점을 그럴듯하게 꾸며 보아야겠다고 마음먹고, 다른 여우들을 불러 모아 일장 연설을 했습니다.

"여러분! 여러분은 지금 내가 얼마나 편안하고 기분 좋게 지내고 있는지, 상상도 못할 겁니다. 내가 한 가지 새로운 경험을 하지 않았다면, 나 역시도 이런 생각을 할 수 없었을 겁니다.

나는 얼마 전에 먼 도시로 여행을 다녀왔습니다. 그곳에는 온통 꼬리 없는 여우들이 살고 있었습니다. 꼬리가 없는 여우들은 날쌘 동작으로 사냥을 하는가 하면, 울타리를 넘을 때도 꼬리 때문에 걸려 넘어지는 일이 없으므로 훨훨 날아 다녔습니다. 또한 몸이 가벼운 그들은 먹이를 덜 먹어도 배고픔이 덜하기 때문에, 위험을 감수하며 먹이를 구하러 나가는 일도 없었습니다.

그런데 이렇게 불필요한 꼬리를 우리가 왜 달고 살아가야 하는 겁니까?

우리의 훌륭한 형제들이여, 이 경험을 통해 크게 깨달은 바가 있어 여러분에게 제안하고자 합니다. 오늘 이후 모든 여우들이 그 꼬리를 잘라 버리면 어떻겠습니까?"

이 말을 듣고, 나이 지긋한 여우가 앞으로 나서며 말했습니다.

"여보게, 내가 한 마디 하겠네. 만약 자네가 꼬리를 되찾을 희망이 조금이라도 있다면, 그래도 우리에게 꼬리를 버리라고 권했을 것 같은가? 그렇지 못하니까, 우리를 자네와 똑같이 만들어서 자네의 부끄러움을 없애려고 하는 것 아닌가? 그런 얄팍한 속셈으로 우리를 속이려 한다는 것을 우리가 모를 것 같은가? 우리는 결코 그런 잔꾀에 넘어갈 만큼 어리석지 않다네."

모여 있던 여우들은 저마다 고개를 끄덕이면서 하나 둘씩 자리에서 일어났습니다.

모두들 제 갈 길로 가 버리자, 결국 꼬리 없는 여우만 그곳에 덩그러니 남겨졌습니다.

자신의 약점을 감추기 위해, 주변 사람들을 나쁜 길로 이끄는 사람은 결코 친구가 될 수 없습니다.

또한 거짓말로 남을 속이는 사람과는 누구도 친구가 되고 싶어 하지 않는답니다.

곰과 두 친구

두 친구가 함께 여행을 떠났습니다.

두 사람은 이런저런 얘기를 하면서 즐거운 마음으로 산길로 접어들었습니다.

그때 갑자기 곰 한 마리가 그들 앞에 나타났습니다.

그러자 그들 중 한 사람은 재빨리 나무를 타고 올라가서 가지 사이로 몸을 숨겼습니다.

미처 몸을 숨기지 못한 다른 한 사람은 공격당할 것에 대비해서 땅 위에 납작하게 엎드렸습니다.

곰은 땅 위에 엎드려 있는 사람에게로 슬금슬금 다가가더니 주둥이로 그를 툭툭 건드렸습니다.

그리고는 코와 귀, 가슴에다 입을 갖다대고 킁킁거리며 냄새를 맡기 시작했습니다.

'이크, 큰일 났다! 이러다간 꼼짝없이 곰에게 잡혀먹고 말겠구나.'

엎드려 있는 사람은 너무나 떨리고 겁이 나서 소리를 지를 것만 같았습니다.

하지만 정신을 바짝 차려야겠다고 생각하면서, 죽은 흉내를 내기 위해 애써 숨을 참았습니다. 왜냐하면 곰은 시체를 건드리지 않는다는 얘기가 생각났기 때문입니다.

곰은 엎드려 있는 사람 주변에서 한참 동안 킁킁거리면서 그의 기척을 살폈습니다.

그러나 그가 꼼짝하지 않은 채 숨을 쉬지 않자, 마침내 죽었다고 판단했는지 포기하고 돌아섰습니다.

곰의 모습이 시야에서 완전히 사라지자, 나무 위로 몸을 숨겼던 친구가 재빨리 내려와서 엎드려 있던 사람에게로 다가갔습니다. 엎드려 있던 사람은 그때까지도 숨을 몰아쉬며 헉헉거리고 있었습니다.

나무 위로 혼자만 몸을 숨겼던 사람은 엎드려 있던 친구가 어느 정도 안정을 찾자 농담 삼아 물었습니다.

"아까 나무 위에서 내려다보니까 곰이 자네 귀에다가 입을 바짝 갖다대고 뭐라고 속삭이는 것 같던데, 뭐라고 하던가?"

그러자 엎드려 있던 친구가 조용한 목소리로 대답했습니다.

"뭐 대단한 이야기는 아냐. 다만 이런 충고를 하더군. 위험이 닥쳤을 때 혼자만 살겠다고 도망치는 사람과는 절대로 친구로 사귀지 말라고 하더군."

성공한 사람의 주변에는 많은 사람들이 몰려듭니다. 그러나 어려움에 처하게 되면 대부분 떠나고 마는 것이 세상 인심입니다.

위험한 지경에 처했을 때 끝까지 같이할 수 있는 친구, 그런 사람이 진짜 친구가 아닐까요?

나와 우리의 차이

아주 절친하게 지내는 두 사람이 같이 여행을 떠났습니다.
두 사람은 즐겁게 이야기를 나누며 산길을 걷고 있었습니다.
그러다가 한 사람이 깊은 산속에서 번쩍거리는 도끼 한 자
루를 발견했습니다.

"야, 이것 봐라! 내가 오늘 재수가 무척 좋은 모양이야."

그 사람은 도끼를 주워서 봇짐에 넣으며 콧노래를 불렀습
니다.

그러자 옆에 있던 친구가 몹시 언짢은 표정을 지으며 말했
습니다.

"자네는 어떻게 말을 그렇게 하나? 둘이 같이 길을 걷다가
좋은 일이 생겼으면 '우리가 재수가 무척 좋은 모양이야'라
고 해야지, '내가 재수가 무척 좋은 모양이야'라고 말을 하다

니, 그럴 수가 있는가?"

도끼를 주운 친구는 옆에 있던 친구의 말을 듣고 미안해했습니다.

"글쎄, 자네 말을 듣고 보니 그런 것 같기도 하군."

그들은 다시 계속해서 산길을 걸어갔습니다.

아까와는 달리, 두 사람은 각자의 생각에 빠져 아무 말도 하지 않았습니다.

그때 마침 도끼를 잃어버린 도끼 임자가 가던 길을 급히 되돌아서 오다가 두 친구와 마주쳤습니다.

그리고는 다짜고짜 달려들며 소리쳤습니다.

"이 도둑놈들! 내 도끼를 너희들이 가져갔지?"

그러면서 그들이 지고 있는 봇짐을 빼앗아서 뒤졌습니다.

물론 한 친구의 봇짐에서 도끼가 나오자, 도끼 임자는 그들의 말은 들으려고도 하지 않고 욕을 한바탕 한 다음 오던 길로 다시 돌아갔습니다.

그러자 도끼를 주웠던 친구가 옆에 있던 친구를 돌아보며 말했습니다.

"우리를 도둑놈 취급하다니……. 오늘 우리가 재수가 되게 없는 모양이야. 도끼를 훔친 것이 아닌데 말이야."

그러자 옆에 있던 친구가 고개를 저으며 말했습니다.

"여보게! 자네 무슨 말을 그렇게 하나? 재수가 좋을 때는 '내가 재수가 무척 좋군'이라고 하더니만, 재수가 나쁠 때는 '우리'라고 말을 하는데, 그런 법이 어디 있는가?"

"아니, 자네 아직도 그걸 가지고 따지고 있는 건가?"

도끼를 주웠던 친구가 얼굴을 벌겋게 물들이며 물었습니다.

"도끼를 주웠을 때 혼자 가지려고 했던 것처럼, 도둑이라는 이름도 혼자 가져야 하는 것 아닌가?"

옆에 있던 친구는 화가 풀리지 않는지 이렇게 말을 뱉은 후, 혼자서 성큼성큼 앞으로 걸어갔습니다.

좋은 일이 생기면 같이 기뻐하고, 좋지 못한 일이 있으면 같이 슬퍼하는 것이 친구 사이입니다.

그런데 좋은 것은 혼자 차지하고, 좋지 못한 것은 상대방에게 슬그머니 미루려고 한다면 친구라고 할 수 없겠죠.

'나는 친구 노릇을 잘하고 있는가'를 각자 생각해 봅시다.

나무꾼과 여우

여우 한 마리가 사냥꾼에게 쫓겨 헐레벌떡 달아나고 있었습니다.

갈림길에 이르자, 한 나무꾼이 장작을 패고 있었습니다.

여우는 간절한 표정으로 매달리며 나무꾼에게 살려 달라고 애원했습니다.

"사냥꾼에게 쫓기고 있어요. 나를 한번만 숨겨 주면, 절대로 은혜를 잊지 않을게요."

나무꾼은 헛간에 있는 장작더미를 가리키며, 여우에게 그리 들어가 숨으라고 했습니다.

여우는 가쁜 숨을 몰아쉬며 재빨리 장작더미 뒤로 가서 몸을 숨겼습니다.

잠시 후에 손에 활을 든 사냥꾼이 갈림길로 헐레벌떡 달려오더니, 나무꾼에게 물었습니다.

"여보시오! 방금 여우 한 마리가 이쪽으로 뛰어왔을 텐데, 혹시 못 보셨소?"

나무꾼은 장작을 패던 동작을 멈추고 허리를 펴며 대답했습니다.

"여우라니요? 무슨 얘길 하시는지 통 모르겠는데요."

나무꾼은 이렇게 대답하면서도, 연신 손가락으로 장작더미를 가리켰습니다.

그러나 숨이 찬 사냥꾼은 나무꾼의 대답에만 신경 쓰느라, 손짓 따위는 아예 보지도 못했습니다.

"이상하다……. 분명히 이 쪽으로 달려왔는데. 아무튼 잘 알겠습니다."

사냥꾼은 주변을 두리번거리며 중얼거리더니, 갈림길 중 하나를 택하여 쏜살같이 달려갔습니다.

사냥꾼의 모습이 사라지고 나자, 장작더미 속에서 여우가 기어 나왔습니다.

그런데 여우는 나무꾼에게 인사도 하지 않은 채 사냥꾼이 간 길과 다른 길로 가려 했습니다.

그러자 나무꾼이 여우를 황급히 붙잡으며 말했습니다.

"어이! 은혜를 갚겠다더니, 은혜는커녕 인사도 하지 않고 가려 하나?”

그러자 여우가 뒤를 돌아보며 대답했습니다.

“당신의 말과 행동이 똑같았다면 내가 왜 인사도 하지 않고 그냥 가겠어요? 당신이 무슨 짓을 했는지 생각해 보면, 내가 왜 이러는지를 잘 알 것이오.”

나무꾼은 자신이 한 행동이 너무나 부끄러워 더 이상 아무 말도 하지 못했습니다.

여우는 뒤도 돌아보지 않고 제 갈 길로 가 버렸습니다.

겉과 속이 다른 것, 즉 말과 행동이 다른 것을 ‘표리부동’이라고 합니다.

표리부동한 사람과 가까이 하거나 친하게 지내고 싶은 사람은 없겠죠?

여우 똥에서 나온 매미 날개

매미 한 마리가 나뭇가지에서 아름다운 목소리로 노래를 부르고 있었습니다.

마침 그때 그 나무 밑을 지나가던 여우가 매미 소리를 들었습니다.

여우는 매미를 잡아먹고 싶은 생각이 들어 한 가지 꾀를 냈습니다.

"어이! 누가 그렇게 아름다운 노래를 부르나 했더니, 자네였구먼. 정말 훌륭해."

여우는 매미가 나뭇가지에 앉아 있는 줄은 알지만, 정확한 위치는 알지 못했습니다.

하지만 높은 나뭇가지에 앉아 있는 매미는 여우의 모습은 물론이고 표정까지 훤히 다 볼 수 있었습니다.

"그래, 하고 싶은 얘기가 뭔가?"

매미가 여우에게 물었습니다.

"특별한 것은 없고, 목소리가 그렇게 아름다운 자네가 얼마나 아름다울까 궁금해서……. 그리고 인사라도 하고 친하게 지내고 싶어서……."

하지만 매미는 여우의 뻔한 속셈을 훤히 다 알고 있었습니다.

그래서 직접 나무 밑으로 내려가지 않고 나뭇잎 하나를 따서 날려 보냈습니다.

나뭇가지 사이로 무엇인가가 내려오는 기척이 들리자, 여우는 속으로 쾌재를 불렀습니다.

'그러면 그렇지. 누군들 내가 베푸는 친절에 넘어오지 않겠어?'

여우는 소리 나는 쪽으로 번쩍 뛰어올라 나뭇잎을 움켜잡았습니다.

여우는 그것이 틀림없이 매미라고 생각했던 것입니다.

"아니, 이건 나무 잎사귀잖아."

여우는 멋쩍은 얼굴로 나무를 올려다보았습니다.

"그럼, 내가 여기서 내려갈 줄 알았나?"

매미의 물음에 여우는 아무 대답도 하지 못하고 딴청을 부렸습니다.

"얼마 전에 여우의 똥에서 나온 매미 날개를 보았다네. 내가 그것도 모르고 있는 줄 아나? 이번에도 나를 교묘하게 속여서 잡아먹으려고 수작을 건 거지? 안 그런가?"

여우는 못 들은 척하며 먼 산만 바라보다가, 슬그머니 자리를 떴습니다.

남을 속이는 일이 습관이 된 사람은 좀처럼 그 버릇을 고치지 못합니다.

하지만 어리석은 사람은 감언이설에 속을지 몰라도, 현명한 사람은 결코 속지 않습니다.

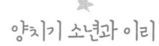

양치기 소년과 이리

거짓말을 잘해서 골칫거리인 소년이 있었습니다.

소년은 뒷동산의 목장에서 양을 치는 목동이었습니다.

어느 날, 소년은 풀밭에서 양을 지키다가 심심해지자 마을 사람들을 놀래 줘야겠다고 생각했습니다.

그래서 아무 일이 없는데도, 마을로 뛰어 내려가며 소리를 질렀습니다.

"사람 살려요! 이리가 쫓아와요!"

마을 사람들 모두가 몽둥이를 들고 뛰어 나왔습니다.

그렇지만 이리의 모습은 어디에도 보이지 않았습니다.

"속았다, 속았다! 모두들 나한테 속았다!"

거짓말을 잘하는 목동은 사람들이 자기한테 속은 것을 보고 신이 나서 손뼉을 쳤습니다.

소년은 그 후에도 몇 번이나 이리가 쫓아온다고 소리를 질러서 마을 사람들을 놀래 줬습니다.

거짓말이 반복되다 보니, 이제는 마을 사람들 중 누구도 그 목동이 하는 말을 믿지 않았습니다.

그러던 어느 날, 그 날도 거짓말 잘하는 소년이 양을 지키고 있는데 정말로 이리가 나타났습니다.

"사람 살려요! 이리가 나타났어요. 이번에는 정말이에요."

소년이 아무리 소리를 질러도, 뛰어 나오는 마을 사람은 한 사람도 없었습니다.

"저 녀석, 또 심심한 모양이군."

이렇게 말하며 아무도 신경 쓰지 않았습니다.

그래서 소년은 혼자서 마을로 도망쳤고, 양들은 모두 이리에게 물려 죽었습니다.

양치기 소년은 양을 잘 지키지 못했기 때문에 엄청 혼이 났고, 이제는 지킬 양이 없어져서 마을을 떠나야만 했습니다.

주변에 보면 거짓말을 할 필요가 없는데도 거짓말을 하는 사람이 있습니다. 그러고 보면 거짓말을 한 번 하기 시작하면 습관이 되는 모양입니다.

거짓말쟁이로 낙인찍힌 사람은 어쩌다가 사실을 말해도

아무도 믿어 주지 않습니다.

장난으로라도 거짓말은 하지 말아야겠죠?

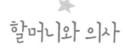

할머니와 의사

재산이 많은 부자 할머니가 눈병이 나자, 의사를 집에 불렀습니다.

"내 눈병만 고쳐 주시면 크게 사례를 하겠소."

할머니는 의사에게 간곡하게 부탁했습니다.

"네, 잘 알았습니다. 걱정하지 마십시오, 제가 낫게 해 드릴 테니……."

의사는 할머니의 눈에 약을 발라 주었습니다.

"약이 마르기 전까지는 절대로 눈을 뜨면 안 됩니다. 잘못될 수도 있으니까요……."

약을 바른 다음, 의사는 할머니에게 주의를 줬습니다.

그리고는 할머니가 눈을 감고 있는 틈을 타서 그 집에 있는 귀중품을 모두 훔쳐가지고 돌아갔습니다.

며칠 후, 할머니의 눈이 말끔하게 나았습니다.

의사는 할머니의 귀중품을 모두 훔쳐가고도, 태연하게 찾아와서 말했습니다.

"할머니, 이제 눈이 말끔히 나았으니 약속대로 사례를 해 주십시오."

할머니는 집안을 두리번거리며 이곳 저곳 둘러보더니 말했습니다.

"사례를 할 수 없소."

"아니, 처음에 한 약속을 지키지 않겠단 말씀입니까?"

의사가 화를 내며 큰 소리를 쳤습니다.

"약속을 어기는 게 아니오. 아직 눈이 낫지 않았으니 사례를 하지 못한다는 겁니다."

"사례를 하고 싶지 않으니까, 눈이 다 낫고도 공연히 트집을 잡으시는 거군요. 눈이 그렇게 깨끗이 나았는데도 낫지 않았다고 하니, 그런 거짓말이 어디 있습니까?"

"낫지 않았으니까 낫지 않았다고 하지, 누가 거짓말을 한단 말이오?"

할머니와 의사는 서로 다투다가 재판정에 가서 판결을 받기로 했습니다.

"할머니께서는 눈병을 고쳐주면 사례를 한다고 분명히

약속했습니까?"

재판관이 할머니에게 물었습니다.

"예, 분명히 약속했습니다. 그렇지만 저 의사가 약을 발라 준 다음부터 눈병이 더 심해졌단 말이오."

할머니의 대답에 재판관은 고개를 갸웃거리다가 잠시 후 말했습니다.

"눈병이 더 심해졌다고요? 의사의 말을 들어 보면 완전히 나았다고 하지 않습니까?"

"내 눈병이 다 나았다는 것은 거짓말이오. 그 전에는 우리 집에 있던 귀중품들이 잘 보였는데, 요샌 하나도 보이지 않는단 말이오."

할머니의 말을 듣고 재판관은 의사가 도둑질을 했다는 것을 알아차렸습니다.

재판관이 의사에게 물었습니다.

"어떻게 된 일인지, 사실을 밝히세요!"

의사는 자기의 잘못을 인정한다는 듯이 고개를 푹 수그렸습니다.

지나치게 욕심을 부리다가 도리어 자신이 가진 모든 것을 잃을 수 있습니다.

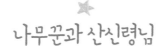

나무꾼과 산신령님

어떤 나무꾼이 산으로 나무를 하러 갔습니다.

한참 동안 나무를 하다가 그만 실수해서 도끼를 떨어뜨리고 말았습니다.

도끼는 산 아래에 있는 깊은 연못에 빠졌습니다.

나무꾼은 헤엄을 칠 줄 모르기 때문에 도끼를 꺼낼 수가 없습니다.

"도끼가 없으면 나무를 벨 수 없고, 나무를 해가지 못하면 식구들이 모두 굶어 죽게 될 텐데……. 정말 큰일 났는걸!"

나무꾼은 연못가에 주저앉아서 이렇게 중얼거리며 한숨을 쉬었습니다.

그 말을 산신령님이 들었습니다.

"네 처지가 무척 딱하구나. 내가 대신 도끼를 건져다 주마."

산신령님은 연못 속으로 들어가더니, 도끼 한 자루를 가지
고 나와서 물었습니다.

"이것이 네가 떨어뜨린 도끼냐?"

그 도끼는 금으로 만든 도끼였습니다. 나무꾼이 떨어뜨린
도끼보다 몇 백 배쯤 값이 나가는 도끼였습니다.

그것만 팔면 금방 부자가 될 만한 것이었습니다.

하지만 정직한 나무꾼은 고개를 설레설레 저으며 대답했
습니다.

"그건 제가 떨어뜨린 도끼가 아닙니다."

산신령님은 다시 연못 속으로 들어갔습니다.

잠시 후, 이번에는 은으로 만든 도끼를 가지고 나와서 물었
습니다.

"네가 떨어뜨린 도끼가 이것이냐?"

은으로 만든 도끼도 팔기만 하면 많은 돈을 받을 수 있을
겁니다.

그렇지만 정직한 나무꾼은 다시 고개를 설레설레 저으며
대답했습니다.

"아닙니다. 그것도 제가 떨어뜨린 도끼가 아닙니다."

산신령님은 다시 연못 속으로 들어갔습니다.

이번에는 쇠로 만든 도끼를 가지고 나왔습니다.

"네가 떨어뜨린 도끼가 이것이냐?

산신령님이 이렇게 묻자, 얼굴이 환해진 나무꾼이 대답했습니다.

"그렇습니다! 맞습니다, 그것이 바로 제가 떨어뜨린 도끼입니다."

산신령님은 나무꾼의 정직한 마음을 칭찬해 줬습니다.

"너같이 정직한 사람은 상을 받아야 한다. 금으로 만든 도끼와 은으로 만든 도끼도 함께 줄 테니 가지고 가서 잘 살아라!"

정직한 나무꾼은 금도끼와 은도끼를 가지고 집으로 돌아와서 부자가 되었습니다.

정직한 나무꾼의 옆집에는 욕심 많은 나무꾼이 살고 있었습니다.

욕심 많은 나무꾼은 갑자기 부자가 된 정직한 나무꾼에게 무슨 일이 있었는가를 물었습니다.

정직한 나무꾼은 산에서 일어났던 일을 소상하게 들려주었습니다.

욕심 많은 나무꾼은 자기도 그대로 해서 부자가 되어야겠다고 생각하고, 다음날 연못이 있는 산으로 부지런히 달려갔습니다.

그리고는 일부러 연못 속에 도끼를 던진 다음 엉엉 소리 내어 울었습니다.

욕심 많은 나무꾼이 우는 소리에 산신령님이 나타났습니다.

산신령님은 도끼를 물에 빠뜨렸다는 말을 듣고는, 연못 속으로 들어가서 금으로 만든 도끼를 가지고 나왔습니다.

"네가 떨어뜨린 도끼가 이것이냐?"

욕심 많은 나무꾼은 금으로 만든 도끼를 보자, 조금도 머뭇거리지 않고 큰 소리로 대답했습니다.

"맞습니다. 그것이 바로 제 도끼입니다."

그 말을 듣자, 산신령님은 크고 무서운 소리로 꾸짖었습니다.

"이 욕심쟁이야! 네 거짓말에 내가 속을 줄 아느냐? 네가 떨어뜨린 도끼는 이것이 아니냐?"

산신령님은 등 뒤에서 쇠로 만든 낡은 도끼를 내보였습니다.

"너같이 욕심 많은 놈은 마땅히 벌을 받아야 한다."

이렇게 말한 다음, 산신령님은 금으로 만든 도끼와 쇠로 만든 도끼를 모두 연못 속에 던져 버렸습니다.

우리가 정직하게 살아야 하는 이유는 반드시 복을 받기 위함은 아닙니다.

하지만 눈앞에 보이는 이익 때문에 거짓말을 하면 더 큰 것을 잃게 됩니다.

비록 힘들고 어렵더라도 우리가 정직하게 사는 이유는, 그렇게 사는 것이 올바른 일이기 때문입니다.

또한 그렇게 사는 삶은 아름다운 세상을 만들어 주며, 그것은 우리를 행복하게 해주는 원동력입니다.

구두쇠

무엇이든지 지나치게 아끼는 구두쇠가 있었습니다.

먹을 것을 제대로 먹지 않는 것은 물론이고, 입을 것도 제대로 챙겨 입지 않아 행색 또한 남루하기 이를 데 없었습니다. 게다가 이웃사람들에게도 지나치게 인색하게 굴어서, 누구도 그 사람을 좋아하지 않았습니다.

하지만 이렇게 구두쇠 노릇을 한 덕분에 적지 않은 재산을 모았습니다.

구두쇠는 재산을 많이 모으면 행복할 줄 알았는데, 도리어 불안하고 걱정이 떠나질 않았습니다.

'도둑이 들어와서 내 재산을 모두 가져가면 어떡하지? 불이 나서 모두 다 타 버리면 어떡하지?'

구두쇠는 이런 걱정 때문에 한시도 마음 편히 지낸 적이 없었습니다.

그러다가 스스로 생각해도 기발하다고 여겨지는 꾀를 한 가지 냈습니다. 모든 재산을 팔아, 그 돈으로 금덩어리를 사서 보관하면 아무도 넘보거나 불에 탈 염려가 없다는 생각이 든 것입니다.

그래서 전 재산을 금덩어리로 바꿔서 방에다 보관해 뒀습니다. 하지만 그래도 불안한 마음이 사라지지 않았습니다.

며칠 동안 고민을 하다가, 아무래도 방보다는 땅 속이 더 나을 것 같아 담 밑에다 파묻었습니다.

그리고 나니 마음이 조금 놓였지만, 금덩어리가 보고 싶어서 참을 수가 없었습니다.

구두쇠는 틈만 나면 금덩어리를 파묻어 놓은 담 밑에 쭈그리고 앉아 흙을 쓰다듬기도 하고 싱글벙글 웃기도 했습니다.

구두쇠가 걸핏하면 담 밑에 쭈그리고 앉아 싱글거리는 모습을 옆집에 사는 사람이 보았습니다.

'담 밑에 뭘 숨겨 놓았기에, 저렇게 들여다보면서 싱글거릴까?'

수상하게 여긴 옆집 사람은 밤중에 살금살금 담 밑으로 가서 땅을 파 보았습니다.

그랬더니 뜻밖에도 금덩어리가 감춰져 있는 것이었습니다.

옆집 사람은 잽싸게 금덩어리를 챙겨 들고 자기 집 벽장 속에 감췄습니다.

그 이튿날, 구두쇠가 담 밑에 와 보니 땅을 판 자국이 나 있었습니다.

"아니, 누가 내 금덩어리를……."

구두쇠는 급히 금덩어리를 숨겨 놓은 곳을 파 보았습니다.

그런데 그렇게 아끼고 아끼던 금덩어리는 사라지고, 구멍 속에는 돌멩이들만 어지럽게 뒹굴고 있었습니다.

"어느 놈이 내 보물을 훔쳐갔단 말인가! 아이구, 이제 나는 망했다! 그 금덩어리는 나의 전 재산인데, 나는 이제 알거지가 됐구나."

구두쇠는 담 밑에 주저앉아 머리카락을 쥐어뜯으며 엉엉 소리 내어 울었습니다.

그때, 그 앞을 지나가던 나이 지긋한 한 나그네가 물었습니다.

"여보시오! 무슨 일이 있기에 그렇게 슬피 우는 거요?"

구두쇠는 흑흑 흐느껴 울며 대답했습니다.

"글쎄, 이렇게 기가 막힐 데가 어디 있겠습니까? 한 푼도 쓰지 않고 모은 전 재산인 금덩어리를 여기 묻어 놓았는데, 글쎄 어느 놈이 훔쳐가 버렸습니다. 이제 나는 어떻게 하면 좋단 말입니까?"

그의 말을 들은 나그네가 껄껄 웃으며 말했습니다.

"너무 슬퍼하지 마시오. 내가 좋은 수를 하나 가르쳐 주리다."

"좋은 수라니요? 그럼, 도둑놈을 잡아 주시겠단 말씀입니까?"

구두쇠는 다급하게 나그네의 소매를 잡아끌며 물었습니다.

"그보다 더 쉬운 일이라오."

"무얼 어떻게 하라는 겁니까?"

"당신이 도둑맞은 금덩어리만한 돌덩이를 갖다가 거기 묻어 두시오. 그리고 그것을 금덩어리라고 생각하면 되지 않겠소? 어차피 당신은 금덩어리를 묻어 두기만 할 뿐, 쓰지 않을 테니까 말이오."

쓸데없이 낭비하지 않는 것은 매우 바람직한 생활태도입니다. 하지만 반드시 써야 할 곳에 쓰지 않으면 구두쇠라고 놀림을 당하거나 손가락질을 받을 수도 있습니다.

아무리 좋은 것을 가지고 있다 해도, 써야 될 곳에 쓰지 않는다면 무슨 소용이 있겠습니까?

시골 처녀와 항아리

시골 처녀가 우유를 가득 담은 항아리를 머리에 이고 걸어 가면서 머릿속으로 이것저것 상상을 하기 시작했습니다.

'이 우유를 팔면, 그 돈으로 계란 3백 개를 살 수 있을 것이 다.'

처녀는 계란 3백 개가 벌써 눈앞에 있는 것만 같아서 발걸 음이 가벼워졌습니다.

'깨지거나 썩는 것, 그리고 해충한테 당하는 것 등을 빼더 라도, 300개의 계란에서는 적어도 250마리의 병아리가 부화 될 것이다.'

처녀의 머릿속에서는 병아리 250마리가 벌써 꼼지락거리 고 있었습니다.

꼼지락거리는 병아리가 눈앞에서 아른거리는 듯하여, 처

녀는 어깨춤이 절로 나왔습니다.

'이 병아리를 적당한 크기로 잘 키워서 값이 비쌀 때 팔아야지.'

처녀는 제법 자란 병아리가 눈앞에서 모이를 쪼고 있는 것만 같아, 병아리에게 모이를 주는 자신의 모습을 상상하며 걸었습니다.

'병아리를 팔게 되면, 그 돈으로 예쁜 드레스를 살 수 있을 거야.'

처녀는 예전부터 입고 싶었던 하늘하늘한 핑크색 드레스를 떠올리며 흐뭇한 미소를 지었습니다.

'그래, 조금만 기다리면 돼! 나는 얼굴빛이 희기 때문에 하늘하늘한 핑크색 드레스가 너무나 잘 어울릴 거야."

처녀는 하늘하늘한 핑크색 드레스를 입고 마을 파티에 참석한 자신의 모습을 그려 보았습니다.

그 장면을 생각하는 것만으로도 너무나 아름답고 근사했습니다.

'그러면 그곳에 모인 많은 젊은이들이 나와 함께 춤을 추고 싶어 할 거야.'

근사한 젊은이들이 자신에게 춤을 청하는 모습을 상상하자, 처녀는 그만 숨이 멎는 것만 같았습니다.

'하지만 안 되지. 춤을 추자고 한다고 해서 아무에게나 허락할 수는 없지.'

처녀는 자신의 앞에 무릎을 꿇고 앉아 춤을 신청하는 젊은이들을 떠올리며 호락호락 넘어가지 않을 거라고 다짐했습니다.

'고맙지만, 사양하겠습니다. 나는 지금 왕자님을 기다리고 있는 중이랍니다.'

처녀는 젊은이들에게 거절하기 위하여, 깔보는 듯한 표정을 지으면서 얼굴을 바짝 치켜 올렸습니다.

그런데 그 순간, 정신이 번쩍 들게 하는 소리가 들려왔습니다.

"쨍그랑!"

상상에 빠져 있던 처녀가 소스라치게 놀라며 정신을 차려 보니, 눈앞에 산산조각 난 우유 항아리가 질펀하게 널브러져 있었습니다.

처녀가 얼굴을 바짝 치켜 올리느라 머리를 크게 흔드는 바람에 우유가 담긴 항아리를 떨어뜨린 것입니다.

우유 항아리가 산산조각 나는 순간, 처녀의 행복한 상상도 깨어지고 말았답니다.

인간은 욕망에 의해서 지배되는 존재입니다. 하지만 현실과 상상을 혼동해서는 안 되겠죠?

꿈을 가진 사람은 그 꿈을 이루기 위해 노력하여 발전하지만, 현실을 망각하고 상상 속에만 빠져 지내면 실패한 삶을 살 수밖에 없습니다.

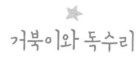

거북이와 독수리

거북이와 독수리는 한마을에 살았습니다.

그런데 독수리들은 구름 속으로 날아올라 장난치며 노는 것을 좋아했습니다.

그 모습을 보고 거북이는 날마다 자신의 처지를 비관했습니다. 날지도 못할 뿐만 아니라, 땅바닥만 기어 다니면서 사는 자신의 생활이 너무 비참하게 여겨졌기 때문입니다.

거북이는 자기도 일단 날아오르기만 하면 훌륭한 새들과 더불어 하늘을 날 수 있을 거라 생각했습니다.

그러던 어느 날, 이런저런 궁리를 하던 거북이는 독수리를 찾아가서 눈물을 흘리며 자신의 처지에 대해 하소연을 했습니다.

그리고는 다음과 같은 제안을 했습니다.

"독수리야! 나에게 하늘을 나는 방법 좀 가르쳐 주면 안 되니?"

"무슨 소리야?"

"나도 너처럼 하늘을 마음껏 날아 보고 싶단 말이야. 제발 부탁이야."

독수리는 그런 것은 너무나 바보 같은 짓일 뿐만 아니라 불가능한 일이라고 거절하고 싶었습니다.

그런데 거북이의 소원이 하도 간절해서, 독수리는 거북이를 위해서 할 수 있는 모든 일을 해 보겠다고 말했습니다.

우선, 독수리는 자신의 발톱으로 거북이를 들어 올려 거의 구름까지 데리고 갔습니다.

그런 다음 거북이를 거머쥐고 있던 손을 놓으며 외쳤습니다.

"자, 이제부터 날아 보는 거야. 알았지?"

그런데 거북이는 한 번 제대로 날아 보지도 못한 채, 공중에서 몇 바퀴를 돌더니 그대로 곤두박질치고 말았습니다.

곤두박질쳐친 거북이는 바위 위에 털썩 떨어져 산산조각 나고 말았습니다.

거북이는 죽어가는 순간에 이렇게 생각했다고 합니다.

'내가 이렇게 죽어가는 것은 너무나 당연하다. 땅 위에서 사는 나에게 날개와 구름이 무슨 소용이 있겠는가?'

꿈을 갖고 키우는 것은 바람직한 일이지만, 아무리 애써도 이룰 수 없는 것을 바라는 것은 어리석은 일입니다.

꿈을 키우기에 앞서, 자신이 할 수 있는 일과 할 수 없는 일을 판단할 줄 아는 지혜가 필요하답니다.

사랑에 빠진 사자

한 사자가 나무꾼의 딸을 보는 순간, 그 아름다움에 반해 사랑에 빠졌습니다.

그리하여 나무꾼을 찾아가서, 딸을 아내로 데려가고 싶다고 말했습니다.

나무꾼은 결코 허락하지 않겠다고 결심했지만, 사자의 요구를 거부하는 것이 몹시 두려웠습니다.

동물의 왕인 사자를 노엽게 만들었다가 무슨 봉변을 당할지 모르기 때문입니다.

나무꾼은 여러 가지 궁리 끝에 한 가지 방책을 떠올린 다음 사자에게 말했습니다.

"사자님! 당신의 제안은 분에 넘치는 고마운 말씀입니다. 하지만 우리 딸과 결혼하기 위해서는 두 가지 조건이 있습니다. 그 조건을 들어 주시지 않으면 결코 결혼을 허락할 수 없습니다."

나무꾼은 이 말을 하는데도 무척 떨렸지만, 꾹 참고서 더듬거리며 말했습니다.

두 가지 조건을 내세우면, 분명 사자도 어찌하지 못하고 결혼을 포기할 것이라고 여겼기 때문입니다.

나무꾼을 물끄러미 바라보고 있던 사자가 물었습니다.

"그게 무엇이오? 당신의 딸과 결혼만 할 수 있게 해 준다면, 무엇이든 다 하겠소."

"첫째 조건은 사자님의 날카로운 이빨을 뽑는 것입니다."

"뭐요? 이빨을 뽑으라고? 그것 참……. 그렇다면 둘째 조건은 무엇이오?"

"둘째 조건은 날카로운 발톱을 뽑는 것입니다."

"뭐요? 발톱을 뽑으라고……?"

사자는 나무꾼의 말을 들은 다음, 한동안 침묵을 지켰습니다.

그러다가 나무꾼에게 이렇게 물었습니다.

"동물의 왕인 나에게 이빨과 발톱을 뽑으라고 하는 이유가 도대체 뭐요?"

"사자님! 그것은 저의 딸이 그 두 가지를 몹시 무서워하기 때문입니다."

사자는 자신이 그렇게 사랑하는 나무꾼의 딸이 자신의 이빨과 발톱을 무서워한다는 얘기를 듣자 가슴이 너무나 아팠습니다.

그래서 사랑하는 그녀를 위해서 두 가지 조건을 들어 줘야겠다고 결심했습니다.

"알았소. 이빨과 발톱을 뽑은 다음 다시 찾아오겠소."

그리고 며칠이 지난 어느 날, 사자가 나무꾼을 찾아왔습니다.

"자, 이제는 결혼할 수 있는 겁니까?"

나무꾼 앞에 선 사자는 이빨 뽑은 것을 보여 주려는 듯 입을 크게 벌렸습니다.

나무꾼은 놀란 표정을 애써 감추며 시선을 사자의 발쪽으로 돌렸습니다.

그러자 사자는 발까지 번쩍 들어 보이며 말했습니다.

"자, 나는 당신의 요구대로 이빨도 빼고, 발톱도 뽑았소. 이제는 당신이 약속을 지킬 차례요."

하지만 나무꾼은 딴청을 부렸습니다.

이빨은 물론 발톱까지 없는 사자가 더 이상 두렵지 않은 나무꾼은 도리어 큰 소리로 호통을 쳤습니다.

"뭐라고? 사자 주제에 감히 내 딸과 결혼을 하겠다고?"

그리고는 사자에게 달려들며 몽둥이를 휘둘렀습니다.

사자는 혼비백산하여 숲으로 도망쳤습니다.

자신이 진심으로 원하는 것을 이루려는 노력은 매우 소중합니다. 하지만 원하는 것을 이루었다 해도, 자신의 존재 자체가 송두리째 무너진다면 그것이 무슨 소용이 있겠습니까?

배부른 개와 굶주린 이리

어느 달 밝은 밤, 바짝 마르고 굶주린 이리가 통통하게 살찐 개와 우연히 만나게 되었습니다.

초면 인사를 주고받은 뒤 이리가 말했습니다.

"여보게, 자네는 윤기가 번드르르하게 흐르는 것이 참으로 보기 좋군. 어떻게 하면 그렇게 될 수 있는가? 자네는 늘 맛있는 음식만 먹는 모양이군, 그래. 그런데 나는 밤낮없이 이렇게 부지런을 떠는데도, 늘 배가 고프단 말이야."

그러자 살찐 개가 말했습니다.

"글쎄, 내가 그렇게 보기 좋은가? 만약 자네가 나처럼 살고 싶다면, 내가 하는 것처럼 하기만 하면 된다네."

"그래? 어떻게 하면 되는데?"

"그건 아주 간단해. 주인집을 늘 지켜 주고, 밤에 도둑들을 가까이 못 오게 하면 되는 거야."

"그런 일이라면 얼마든지 할 수 있지. 나는 지금처럼 하루하루를 비참하게 살고 싶지 않아. 눈서리와 비를 맞으며 살아가는 숲속 생활은 이젠 넌덜머리가 난다구. 지붕과 벽이 있어서 아늑하고, 언제나 음식을 배불리 먹을 수만 있다면 뭐든지 할 수 있어."

"그래? 자네 생각이 정 그렇다면 나를 따라오게나."

이리는 개를 따라 터벅터벅 걸어갔습니다.

행여 놓칠 새라 개의 뒤를 열심히 따라가던 이리는 우연히 개 목덜미에 있는 상처 자국을 발견했습니다.

그것을 보는 순간, 이리는 호기심을 참지 못하고 물었습니다.

"목에 상처가 있는데, 도대체 왜 그런 거야?"

"이것? 아무것도 아니니까, 신경 쓰지 마."

"아무것도 아닌 게 아닌데. 도대체 왜 그런 거야?"

"별거 아니라면 아닌 줄 알아. 내 목을 잡아매는 쇠사슬로 된 목걸이 때문에 생긴 자국이야. 이제 궁금증이 풀렸나?"

"뭐, 쇠사슬이라고?"

이리는 깜짝 놀라서 소리쳤습니다.

"설마 자네는 가고 싶은 곳을 마음대로 갈 수 없다는 말을 하려는 건 아니겠지?"

"그렇지 않아. 내가 좀 난폭하게 보이니까 낮에는 나를 붙잡아 매어 놓는 것뿐이야. 하지만 분명히 말하지만, 밤이 되면 완전한 자유를 누릴 수 있다고. 그리고 주인은 늘 자기가 먹던 것을 나에게 주고, 하인들도 그 날 남은 음식은 모두 다 내게 준단 말이야. 그리고 주인은 날 얼마나 귀여워해 주는 줄 알아? 그리고……."

"그래? 난 그냥 숲으로 돌아가겠어."

이리는 개의 말을 더 들으려 하지 않고 발걸음을 멈췄습니다.

"뭐? 뭐가 맘에 들지 않아서 그러는 건데?"

"아냐, 잘 가게. 자네는 맛있는 음식을 실컷 먹고 귀염 받으면서 살게나. 난 쇠사슬에 매인 채 좋은 음식을 먹기보다는, 굶주리더라도 자유롭게 사는 것이 더 좋아."

이렇게 말한 다음, 이리는 뒤도 돌아보지 않고 숲으로 돌아갔습니다.

공기가 없는 곳에 갇히기 전에는 공기의 소중함을 모르듯이, 자유로운 환경에서 사는 사람은 그 자유가 얼마나 소중한 것인지를 잘 모릅니다.

현명한 사람은 자신이 갖고 있거나 누리고 있는 것을 소중히 여기며 감사하지만, 어리석은 사람은 자신에게 부족한 것을 채우려는 욕심 때문에 늘 불만 속에서 산답니다.

당나귀를 팔러 가는 아버지와 아들

아버지와 아들이 당나귀를 팔기 위해 시장으로 가고 있었습니다.

그들은 당나귀를 몰면서 먼지 나는 시골길을 터벅터벅 걸어갔습니다.

지나가던 사람이 그 모습을 보고 말했습니다.

"참으로 어리석은 사람도 다 있군. 당나귀를 팔러 가는 모양인데, 이왕이면 타고 갈 것이지 당나귀를 모시고 간단 말이오?"

그 말을 들은 아버지는 그 말이 그럴듯하게 여겨져 고개를 끄덕이며 말했습니다.

"그래, 내가 그걸 미처 생각하지 못했군. 얘야, 네가 당나귀 등에 타거라."

아버지는 아들을 당나귀 등에 태운 다음 고삐를 잡아끌고 갔습니다.

한참을 걷다 보니 큰 나무 아래에 이르렀습니다.

나무 아래에서 장기를 두고 있던 노인들이 이들을 바라보며 한숨을 내쉬었습니다.

"원, 세상이 아무리 변했다고 해도 저럴 수가 있나? 늙은 아비는 걸어가고 젊은 아들 녀석은 당나귀를 타고 가다니, 쯧쯧쯧!"

노인들이 아들을 나무라는 소리를 들은 농부는 얼른 아들을 내리게 한 다음 자신이 당나귀 등에 올라탔습니다.

얼마쯤을 가다가 이번에는 우물가를 지나가게 되었습니다.

우물가에서 빨래를 하고 있던 아낙네들이 당나귀를 타고 가는 아버지를 보며 수군거렸습니다.

"내참! 세상에 저렇게 인정머리 없는 아버지가 있다니, 정말 기가 막히는군. 자기만 편히 당나귀를 타고, 어린 자식은 걸어가게 하다니……. 둘이 타고 가면 될 것을, 꼭 저렇게 혼자서 타고 가야 하는 건가?"

그 말을 들은 아버지는 그 얘기도 그럴듯하다고 생각했습니다. 그래서 아들을 당나귀의 등에 끌어올려, 둘이서 함께 타고 갔습니다.

두 사람이 당나귀를 타고 가자, 당나귀는 힘이 부쳤는지 낑낑거리며 걸었습니다.

맞은편에서 오던 사람들이 이 광경을 보고 기가 막히다는 듯이 말했습니다.

"여보슈! 아무리 말 못하는 짐승이라고 해도, 두 사람씩이나 타고 가는 것은 너무 지나치지 않소?"

그 말을 들은 아버지와 아들은 부랴부랴 당나귀의 등에서 내려왔습니다.

"당나귀가 저렇게 힘들어하는데, 우리 같으면 당나귀를 타고 가기는커녕 당나귀를 메고 가겠소. 안 그래?"

사람들이 떠드는 소리를 들은 아버지와 아들은 그들을 쳐다보며 고개를 끄덕거렸습니다.

"얘야! 이젠 당나귀를 우리가 메고 가자!"

아버지와 아들은 당나귀의 앞발과 뒷발을 밧줄로 묶은 다음 긴 막대기에 꿰어 어깨에 짊어지고 갔습니다.

낑낑거리며 한참을 걷다 보니, 눈앞에 외나무다리가 나타났습니다.

다리를 막 건너려고 하는데, 개울가에 있던 사람들이 당나귀를 메고 가는 아버지와 아들을 가리키며 깔깔거리며 웃어 댔습니다.

"야, 저것 봐라! 사람이 당나귀를 메고 간다. 오래 살다 보니 별 꼴을 다 보겠구먼. 아하하하!"

사람들이 웃는 소리에 놀란 당나귀가 마구 몸부림을 치며 버둥거렸습니다.

"어, 이 당나귀가 왜 이러지?"

당나귀가 마구 몸부림을 치는 바람에 아버지와 아들도 같이 비틀거렸습니다.

그러다가 아버지와 아들은 그만 발을 헛디뎌서, '풍덩'하고 외나무다리에서 굴러 떨어지고 말았습니다. 그 바람에 같이 물 속에 빠진 당나귀도 허우적거리며 떠내려갔습니다.

개울가에 있던 사람들은 아버지와 아들을 구하러 물 속으로 뛰어 들어가면서도, 앞발과 뒷발까지 장대에 묶인 상태에서 버둥거리는 당나귀의 모습을 보며 박장대소를 했습니다.

자기의 의지에 따라 행동하지 못하고, 남의 말에 따라 이랬다저랬다 한다면 노예와 뭐가 다르겠습니까? 또한 사람마다 의견이 저마다 다른 것을 모두 듣고 따르다 보면 도리어 웃음거리가 될 수 있습니다.

웃음거리가 되지 않기 위해서라도 자신의 의지대로 행동할 수 있는 소신과 능력을 길러야 되지 않을까요?

왕이 된 원숭이

어리석은 짐승들만 모인 자리에서 원숭이가 잘났다고 까불어 대고 있었습니다.

두 발로 깡충깡충 뛰어 다니면서 춤을 추기도 하고, 높은 나뭇가지에 올라가서 갖가지 묘기를 부리기도 했습니다.

"야! 저 원숭이는 못하는 것이 없군. 춤이면 춤, 묘기면 묘기!"

"저렇게 재주 많은 원숭이를 우리의 왕으로 모시도록 합시다!"

"맞아, 맞아! 원숭이야말로 왕이 될 자격이 충분해!"

어리석은 짐승들은 서로 맞장구를 치면서 원숭이를 왕으로 뽑았습니다.

그것을 본 여우는 말도 안 되는 소리라고 분개하며, 원숭이를 골려 줄 궁리를 했습니다.

'저 놈을 한번 혼내 줘야 할 텐데!'

그러던 중에 여우는 함정 속에 놓여 있는 고기 한 점을 발견했습니다.

'그래, 맞아! 바로 그거야!'

질투 많은 여우는 속으로 쾌재를 불렀습니다.

이제 드디어 원숭이를 혼내 줄 수 있는 기회가 왔다고 좋아하면서, 여우는 원숭이에게로 달려갔습니다.

"원숭이 대왕님! 대왕님이 기뻐하실 일이 있습니다."

"내가 기뻐할 일이라니, 도대체 그게 무엇이냐?"

"대왕님께 드릴 맛있는 고기가 있사옵니다. 얼른 가셔서 잡수도록 하십시오."

"그래? 맛있는 고기가 어디 있느냐?"

"저를 따라 오시면 됩니다."

여우는 원숭이를 데리고 함정 앞으로 갔습니다.

함정에는 정말 먹음직스럽게 보이는 고기가 놓여 있었습니다.

하지만 그것이 함정인 줄 전혀 모르는 원숭이는 고기를 집어먹으려고 덥석 달려들었습니다.

그러다가 고기를 집기도 전에 그만 함정에 빠지고 말았습

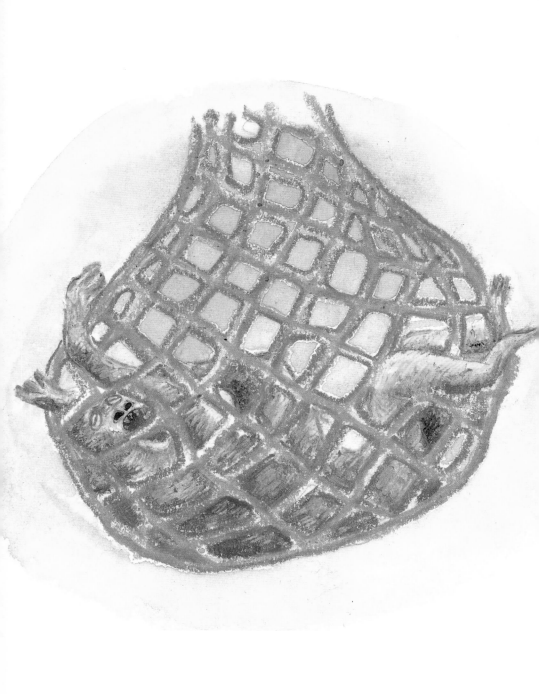

니다.

"이 놈의 여우야! 네 놈이 감히 왕인 나를 함정에 빠뜨려? 그러고도 살아남을 수 있을 것 같으냐?"

함정에 빠진 원숭이가 호통을 치자, 여우는 얼굴 색 하나 변하지 않은 채 생글생글 웃으며 말했습니다.

"애, 원숭아! 그렇게 생각이 모자란 네가 어떻게 모든 짐승들의 왕이 될 수 있겠느냐? 네 주제를 진작 파악했어야지."

한두 가지 재주가 있다고 해서 사람들을 이끄는 지도자가 될 수 있는 것은 아닙니다.

생각이 모자라는 사람은 지도자가 되기는커녕 도리어 혼이 나거나 웃음거리가 되기 십상입니다.

정치가와 거머리

　사모스에서 어떤 정치가가 사형을 받게 되었습니다.
　이솝은 그 사람의 목숨을 살려 주기 위해, 이런 예화를 들어 재판정에 모인 사람들을 설득했습니다.

　여우가 개울을 건너려다가 물살에 밀려 바위틈에 박혔습니다.
　여우는 빠져 나오려고 안간힘을 썼지만 생각처럼 몸이 움직이질 않았습니다.
　게다가 몸 여기저기에 거머리가 잔뜩 달라붙어서 무척 고통스럽고 짜증스러웠습니다.
　냇가를 지나가던 고슴도치가 그 광경을 보았습니다.
　고슴도치는 곤경에 처한 여우에게 도움이 될까 싶어 이렇게 말했습니다.

"내가 그 거머리들을 떼어 버릴까?"

그러니까 여우는 신경질을 내며 말했습니다.

"그럴 필요 없어!"

"모처럼 도와주겠다는 건데, 왜 싫다는 거야?"

고슴도치가 영문을 몰라 하며 물었습니다.

"이 놈들은 벌써 내 피를 많이 빨아 먹었어. 그러니까 앞으로는 그다지 많이 빨아 먹지 못할 거야.

그런데 이놈들을 떼어 버리면, 배가 고픈 다른 거머리들이 달라붙어서 내 몸 안에 있는 남은 피를 다 빨아 먹지 않겠니?"

이 이야기를 재판정에 모인 사람들에게 들려 준 다음, 이솝이 이렇게 말했습니다.

"여러분! 이 정치가는 나쁜 짓을 앞으로 이 이상 더 하지는 않을 겁니다. 이 사람은 그 동안 여러분의 피를 많이 빨아 먹었으니까요.

그렇지만 여러분이 이 사람을 죽이면, 가난한 정치가가 새롭게 나타나서 여러분에게 남아 있는 돈을 남김없이 빼앗아 갈 것 아닙니까?"

썩은 고기 주변에 파리가 꼬이듯이, 세상이 맑지 못할 때 나쁜 정치가가 나오기 쉽습니다.

나쁜 정치가를 심판하는 것에 못지않게, 백성들 스스로가 맑아지려는 노력을 해야 합니다.

마지막까지 남아 있는 것

제우스신이 이 세상에 있는 좋은 것들을 모두 모아서 항아리에 집어넣은 다음 뚜껑을 덮었습니다. 제우스신은 그것을 한 젊은이에게 주면서 이렇게 말했습니다.

"이것을 너에게 주마. 그러나 일 년이 지나기 전에 뚜껑을 절대로 열어서는 안 된다."

"네, 알겠습니다. 그런데 이 안에 무엇이 들어 있습니까?"

"그것은 일 년이 지나면 알게 된다."

"네, 잘 알았습니다."

그러나 그 젊은이는 항아리에 무엇이 들어 있는지 궁금해서 견딜 수가 없었습니다.

"도대체 이 안에 무엇이 들어 있을까? 살짝 봐야지……."

어느 날, 젊은이는 더는 참지 못하겠다는 듯이 뚜껑을 살며시 열었습니다.

그리고는 고개를 들이밀며 보려고 하는데, 항아리 속에 갇혀 있던 좋은 것들이 모두 앞을 다투어서 튀어나왔습니다.

"이제 살았다! 뚜껑이 열렸으니 도망가자!"

그리고는 눈 깜짝할 사이에 하늘로 올라가 버렸습니다.

"안 되겠다! 이러다간 모두 놓쳐 버리겠다."

젊은이는 허둥지둥 거리며 뚜껑을 덮었습니다.

다른 것들은 모두 도망쳤는데, 유일하게 '희망'이라는 녀석만은 그대로 항아리에 남아 있었습니다.

젊은이가 기운 빠진 목소리로 '희망'에게 물어 보았습니다.

"모처럼 제우스께서 주신 좋은 것들이 다 도망쳤으니, 이제 나는 어떻게 해야 하는 거요?"

그랬더니 '희망'이 말했습니다.

"너무 실망하지 마십시오. 착한 마음으로 포기하지 않고 기다리면 도망친 것들 중에서 좋은 녀석들은 다시 돌아올 것입니다."

포기하지 않고 기다리는 것, 바로 그것이 '희망'입니다.

'희망'은 우리에게 절망하지 않고 다시 일어서게 하는 힘을 줍니다.

문학 박사님과 함께하는

이솝 우화

👓 **김욱동** 박사님

한국외국어대학교 영문과와 같은 과 대학원을 졸업하고 미국 미시시피대학교에서 영문학 석사 학위를, 뉴욕주립대학교에서 영문학 박사 학위를 받았어요. 미국 하버드대학교와 듀크대학교, 노스캐롤라이나대학교의 교환교수와 서강대학교 영문학과 교수를 거쳐 지금은 한국외국어대학교 교수님이세요.

쓴 책으로는 《지구촌 시대의 문학》, 《문학을 위한 변명》, 《문학이란 무엇인가》들이 있고, 옮긴 책으로는 《앵무새 죽이기》, 《위대한 개츠비》, 《호밀밭의 파수꾼》, 《허클베리 핀의 모험》들이 있답니다.

문학 박사님과 함께
《이솝 우화》읽기

소개 **이솝(아이소포스)이 지었다고 전해지는 이야기집**

나라마다 그들 나름의 우화가 있다. 인류와 함께 역사를 같이해 온 우화는 예로부터 동양이나 서양이나 매우 중요하게 여겨 왔다. 예를 들어 기원전 8세기 무렵 헤시오도스는 《일과 나날》이라는 작품에 우화를 집어넣었다. 또한 고대 로마 시대에 활약한 시인 호라티우스도 《서울 쥐와 시골 쥐》를 이야기했으며, 중세에 프랑스에서는 《여우 이야기》가 유행하기도 했다. 17세기 프랑스의 시인 장 드 라 퐁텐의 우화도 융숭하게 대접을 받았다.

이러한 사정은 동양에서도 마찬가지여서 석가모니는 사람들에게 도덕을 가르칠 때 동물 우화를 즐겨 사용하였다. 예를 들어 인도의 《판차탄트》는 동양의 가장 대표적인 우화집이다. 노자(老子)의 《도덕경》

과 도가(道家) 사상의 주춧돌이라고 할 《장자》에도 우화가 많이 나온다. 물론 우리나라 옛이야기와 전래 동화에도 우화나 그와 비슷한 이야기를 쉽게 찾아볼 수 있다.

배경 　　우화 하면 많은 사람은 그리스 시대에 이솝(아이소프스)이 쓴 《이솝 우화》를 첫 손가락에 꼽는다. 재미와 교훈, 짜임새에서 《이솝 우화》를 따를 만한 작품은 드물기 때문이다. 그래서 고대 그리스 시대에 활약한 희극 작가 아리스토파네스는 이솝을 '우화의 신'이라고 높이 치켜세웠다.

우리가 흔히 사용하는 거짓말쟁이를 가리키는 '양치기 소년'이니, 이룰 수 없는 일을 두고 나쁘게 말하는 행동을 일컫는 '신 포도'니 하는 말은 하나같이 《이솝 우화》에서 비롯하였다. 또, 한때 남북한 화해 분위기를 말할 때 자주 사용했던 '햇볕 정책'이라는 말도 이 우화에 뿌리를 둔다.

소크라테스는 죽기 전에 감옥에서 산문으로 된 《이솝 우화》를 시로 옮겼다고 한다. 독일의 종교 개혁가 마르틴 루터도 이 우화를 새롭게 편집하여 머리말을 덧붙여 펴내었다. 그런가 하면 그동안 적지 않은 문학 작품이 이 우화에서 예술의 씨앗을 발견하여 완성되었다. 이렇듯 《이솝 우화》는 철학·종교·예술에 걸쳐 매우 넓게 영향을 끼쳤다. 그것은 아마도 단순히 우화 이상의 어떤 깊은 의미를 지니기 때문일

것이다.

《이솝 우화》는 이 무렵의 작품이 흔히 그러하듯이 이솝 혼자 지었다고 보기는 어렵다. 이솝이 입에서 입으로 전해 오는 여러 이야기를 엮고 다듬은 것일 수 있다. 예를 들어 《매와 나이팅게일》은 이미 몇 세기 앞서 헤시오도스가 쓴 우화이고, 자신의 깃털로 만든 화살에 맞아 다치는 독수리 이야기는 고대 그리스의 비극 작가 아이스킬로스가 쓴 우화이다. 또한 독수리에게 복수하는 여우 이야기와 여우가 원숭이를 골탕 먹이는 이야기는 기원전 7세기에 활약한 그리스 시인 아르킬로코스가 쓴 우화이다.

그런가하면 고개를 높이 쳐들고 하늘의 별만을 바라보며 길을 걷다가 땅 밑의 깊은 우물에 빠진 점성가에 관한 우화는 실제로 탈레스에게 일어난 사건이다. 플라톤은 이솝이 직접 쓴 우화는 한 편도 없다고 주장했지만 그 말은 받아들이기 어렵다. 이솝은 자신이 쓴 우화에 당시에 널리 떠돌던 우화와 함께 한데 모았을 가능성이 더 높기 때문이다.

 《이솝 우화》만큼 널리 읽힌 책도 드물다. 이 책은 지금까지 《성서》 다음으로 가장 많이 팔리고 가장 널리 읽힌 책으로 꼽힌다.

서양에서나 동양에서나 《우화》는 초등학교 교과서에 자주 등장한다.

어린이에게 도덕과 윤리를 가르치는 지침서도 되기 때문이다. 예를 들어 《여우와 황새》는 남을 골탕 먹이면 반드시 그 대가를 치른다는 교훈이, 《개미와 비둘기》는 남에게 빚진 은혜를 갚으려는 사람에게는 늘 기회가 있다는 교훈이 담겨 있다. 또한 《곰과 두 친구》는 믿을 만한 친구는 위기를 겪어 보아야 비로소 알 수 있다는 교훈이, 《까마귀와 물병》은 무엇인가 간절히 원할 때에야 비로소 머리를 써서 방법을 찾는다는 교훈이 들어 있다. 이렇듯 《이솝 우화》는 그 내용을 한두 마디 교훈으로 간추릴 수 있다.

하지만 어떤 우화는 어떻게 풀이해야 좋을지 아리송하다. 가령 《수탉과 도둑》에서 교훈을 한 가지로 말하기란 쉽지 않다. 수탉 한 마리가 자신과 암탉의 먹이를 찾다가 우연히 보석을 하나 발견한다. 그 보석을 보자 수탉은 "만약 내가 아니고 너의 주인이 너를 발견했다면 너를 집어 소중하게 보관하였을 것이다. 그러나 나에게 너는 아무 쓸모가 없구나. 이 세상의 모든 보석보다는 차라리 보리 한 톨이 나에게는 더 소중하단다"라고 중얼거린다. 이 우화에서 한 사람에게 소중한 것이 다른 사람에게는 하찮은 것일 수도 있다는 교훈을 쉽게 읽을 수 있다. 그러나 보석에 대한 수탉의 행동을 어떻게 볼 것인가는 의견이 엇갈린다. 어떤 사람은 수탉이 슬기롭다고 하고, 어떤 사람은 수탉이 어리석다고 생각한다.

《이솝 우화》는 어른에게도 적잖이 교훈을 준다. 우화가 전하는 내용은 인간이라면 누구나 마땅히 지켜야 할 도덕과 윤리이다. 우화는 언뜻 보면 그 내용이 어디에선가 들어 본 것처럼 익숙하지만 오랜 세월 변하지 않은 진리가 숨어 있다. 그러나 복잡한 현대 사회에서 우화의 교훈은 너무 소박하고 단순하다고 지적하는 사람들도 있다. 물론 그들의 주장도 옳지만 동굴 속에서 살던 원시 시대나 달에 로켓을 쏘아 올리는 현대 사회나 사람들의 삶은 크게 달라지지 않았다.

오늘날 《이솝 우화》 하면 도덕적 교훈이 먼저 떠오르나 과거에는 그보다는 사회 비판이나 정치 풍자의 기능이 훨씬 더 컸다. 이솝은 자기 욕심만 차리는 정치인들에 대한 불만을 동물에 빗대어 이야기하였다. 예나 지금이나 비판을 자유롭게 할 수 없으면 으레 사람들은 다른 틀을 빌려 풍자하기 마련이다. 이 무렵 사람들이 우화를 좋아한 것은 그만큼 그 시대가 자유롭게 이야기하는 분위기가 아니었다는 뜻이다.

《이솝 우화》는 한 이야기가 짧게는 두세 문장, 아무리 길어도 두 쪽을 넘지 않는다. 짧은 몇 마디 문장으로 된 이야기가 날카로운 칼날처럼 뭇사람의 가슴을 찌른다. 요즘은 "작은 것이 아름답다"는 말처럼 크고 거창한 것보다는 작고 알찬 것이 주목받는다. 문학과 예술에서는 이미 '미니멀리즘'이라는 이름으로 이러한 흐름이 자리 잡았다. 이솝의 《우화》는 바로 이 미니멀리즘의 첫 장을 여는 작품이라고 할 수 있다.

작가 소개 이솝에 대해서는 별로 알려진 것이 없다. 언제, 어디에서 태어났는지조차 분명하지 않다.

전해 오는 몇몇 기록으로 미루어 짐작할 따름이다. 리디아의 수도였던 소아시아 서부의 고대 도시인 사르디스에서 태어났다고도 하고, 그리스의 한 섬인 사모스에서 태어났다고도 하며, 트라키아의 식민지였던 메셈브리아에서 태어났다고도 한다. 프리기아의 변방 도시인 코시아이움 태생이라는 주장도 만만치 않다. 그러나 기원전 620년경에 태어나 560년경에 죽었다는 데에는 학자들의 의견이 비슷하다.

헤로도토스는 이솝이 태어날 때부터 노예 신분이었다고

하고, 플루타르크는 그가 노예 신분에서 풀려난 뒤 리디아의 크레소스 왕의 선생님 노릇을 하였다고 한다. 1세기에 이집트에서 쓴 한 전기에 따르면 이솝이 노예로 팔려 다니다가 마침내 사모스 섬의 이아드몬의 도움으로 노예 신분에서 풀려났지만 왕의 사자로 일하던 중 델포이에서 죽었다고 한다.

이솝은 사르디스와 코린스를 비롯하여 여러 지방을 두루 여행하였으며, 솔론 같은 정치가들이나 탈레스 같은 유명한 철학자들을 만났다고 한다. 얼굴이 추한 꼽추로 어릿광대 노릇을 하였다는 이야기도 있지만 그 사실을 뒷받침할 증거는 없다. 심지어 이솝이 실존 인물이 아니라는 주장도 있다. 그러나 플라톤이나 아리스토텔레스, 그리스

167

희극 작가 아리스토파네스 등의 저서나 작품에서 그의 이름이 나오는 것을 보면 실제 인물로 보는 것이 맞을 것이다.